당신의
공간에도
봄은
온다

당신의
공간에도
봄은
온다

비키정
지음

국내 최초
이벤트 공간 디자이너,
비키정이 브랜드가 되기까지

도서출판 새빛
AEVIT

삶의 어느 순간, 누구에게나 버티는 시간이 필요합니다. '당신의 공간에도 봄은 온다'는 그 시간을 어떻게 견디고 어떻게 이겨낼 것인가에 대한 한 사람의 고백이자 용기의 기록입니다.

비키정은 '죽은 공간에 생명을 불어넣는 일'을 자신의 소명으로 삼고 치열하게 살아온 여정을 이 책에 담았습니다. 단지 화려한 결과물이 아니라 실패와 상처 그리고 그 위에 쌓아 올린 치유와 재기의 시간들이 고스란히 녹아 있습니다.

책을 읽으며 문득 생각했습니다. 우리가 짓는 건물 하나하나도 결국은 사람의 삶을 담는 공간이며 그 공간은 결국 사람의 이

야기를 품어야 한다는 사실을 말입니다. 이 책은 그러한 본질을
다시금 일깨워 주는 계기가 되었습니다.

이 책은 단지 한 공간 디자이너의 성공기가 아닌, 지금 이 순
간에도 자신의 자리에서 묵묵히 버티며 새로운 봄을 기다리는
모든 이들에게 전하는 진심 어린 응원의 메시지입니다.

삶이 지친 누군가에게 이 책이 작은 위로가 되고 다시 한번
용기를 낼 수 있는 계기가 되기를 진심으로 바랍니다.

정원주 대우건설 회장

대학시절 나의 논문 주제가 영화의 공간과 시간이었다. 공간은 영화에서 어떤 기능과 요소로서 작용할까…

이 책에서 그려지고 있는 비키정의 컨셉이 있는 아름다운 공간에 대한 그녀의 고민의 흔적은 나와 닮아 보였다. 공간은 필시 그녀의 꿈이자 도전이며 삶 자체였을 것이다. 이 책은 독창적이고 열정적이면서도 담대한 그녀의 공간 미학으로 우리를 기분 좋게 인도한다.

"꿈을 사치하라"는 비키정의 워딩처럼 자유롭게 꿈꾸고 사치롭게 비상하기 바란다.

강제규 영화감독

비키정은

공간 디자이너로서 많은 사람들에게 좋은 영감을 줍니다.

저 역시 비키정 대표를 통해 공간의 개념을 새롭게 해석하고 인식하게 되었습니다.

공간을 구성하는 사물과 사람을 보는 관점이 단순히 시각의 각도가 아니라 생각의 각도라는 것도 배우게 되었습니다.

생각의 각도에 따라 그 가치가 얼마나 달라질 수 있는지를 깨닫게 되었습니다.

얼마 전 광화문 글판에 걸려있는 허수경 시인의 라일락이라는 시의 첫 구절을 보았습니다.

"신나게 웃는 거야, 라일락
내 생애의 봄날 다정의 얼굴로"

이 책을 읽는 모든 분들이
추억 속에 박제된 '내 생애의 봄날'이 아니라
지금 이 순간, 그리고 내일도 모레도 늘 라일락 향기처럼 아름다운 봄날이 되길 소망합니다.

최진영 헤럴드미디어그룹 대표이사

꿈과 성장은 요즘 나의 가장 큰 이슈이다.

어릴 땐 꿈도 많았고, 더 잘하고 싶다는 욕심이 많았는데, 어느새 난 그 두 단어와 너무 멀어진 삶을 살고 있었다. 그러다 요즘 난 다시 꿈이란 걸 꾸게 되고 성장하고 싶다는 욕심도 생겼다. 음악도 그림도 다 잘하고 싶고, 마음 내키면 그리던 그림도 화실을 만들어 출근하는 환경으로 바꾸고, 기타도 조만간 정식으로 배울 생각이다.

말수도 적고 행동도 조용한, 똑똑하고 현명한 비키정을 만날 때마다, 사람이 어쩜 저렇게 훌륭할 수 있을까 속으로 밖으로 감탄한 적이 한두 번이 아니다.

이 책에는 한없이 늘어져 있기만 한 날, 다시 꿈을 꾸게 하고, 성장하고 싶다는 욕심을 마구 부리게 만들었다.

감사합니다. 비키정.

김완선 가수

연속적인 실패에도 불구하고 끊임없이 도전을 이어가는 비키정의 이야기가 제 마음속 잠들어 있던 꿈에 다시 숨을 불어넣었습니다. 이 책은 단순한 자서전이 아닌, 삶을 디자인하는 디자이너의 철학과 인간적인 성찰이 녹아든 이야기입니다.

상처를 품고 살아온 그녀가 공간을 통해 생명을 불어넣는 과정을 깊이 있게 보여줍니다. 비키정의 여정은 우리 모두에게 꿈을 다시 꾸고 성장하는 용기를 선사할 것입니다.

김미곤 산악인, 히말라야 14좌 완등

주저앉지 않으면
인생은 결국
기회의 문을 열어준다

"어딘지 모를 곳에서 와서 누구인지 모를 자로서 살며 언제인지 모를 때 죽고 어딘지 모를 곳으로 가는데도 나 이토록 즐거우니 놀랍지 않은가." 16세기 독일의 성직자인 마트티누스 폰 비버라흐가 한 말이다. 우리는 이렇게 참 불확실한 것 투성이 속에서도 나름 즐겁게 사는 법을 안다. 죽도록 힘든 고통의 시간을 지나왔음에도 그 시간에 머무르지 않고 다른 즐거움을 찾아서 떠난다. 이 책을 쓰며 인생을 돌아보니 나 역시 그런 삶을 살았던 것 같다. 현재 나는 고통의 시간은 뒤로 흘려보내고 지금의 나를 즐기며 살고 있다. 잘났든 못났든 지금의 내 모습이 최선이라 생각하며 산다.

이 책은 지난날의 나를 돌아보고 나를 마주하며 진정한 나를 찾아가는 여행이 될 것이다. 독자들 또한 진짜 자신을 찾아가는 여행이 되길 바란다. 한없이 부족했고, 부족했기에 자신의 성장, 발전에 심한 갈증을 느꼈던 한 인생이 같은 갈증을 느끼고 있는 여러분에게 부드럽게 손을 내민다. 비록 버팀의 시간들을 지나느라 거칠어진 손이지만 함께, 같이 가자고 손을 내민다. 살면서 깊은 상처로 인해 주저앉고 싶지 않아 그 상처를 어루만지기보다는 외면을 반복하며, 일에 대한 집요함으로 그 시간을 살아낸 혹자(독자)들에게 내 인생의 버팀이 공감이 되고 곧 용기가 되길 바란다.

나는 이벤트 공간 디자이너이다. 어떤 한 공간에 이벤트가 열리면 이벤트의 주제에 맞춰 컨셉을 잡고, 그것이 잘 표현되도록 공간의 모든 요소요소를 디자인한다. 내가 이 일에 집중한 지도 어느덧 12년이 다 되어 간다. 내가 이토록 이 일에 집중한 이유는 무엇이었을까? 어떤 상처에서 벗어나기 위한 몸부림이나 회피 아니었을까? 나는 일에서 행복을 찾는 사람이다. 아니 어쩌면 내게 닥친 모든 암담한 상황에서 나를 구제해 준 것이 일이었는지도 모른다. 늘 부족하다고 생각했기 때문에 작은 일 하나를 맡더라도 조금 더 잘하고 싶고, 조금 더 완벽해지고 싶었다. 그래서 밤을 새우는 시간이 많았고 내 몸이 망가지는 것도 모르고 일했다.

길지는 않지만, 험한 산을 여러 번 넘어온 나는 인생에서 여러 번 얻어맞아 여기저기 상처투성이다.

　책을 쓰려고 했다. 어디부터 내 이야기를 쓸 것인가. 어디까지 내 이야기를 밝힐 것인가. 나를 어렴풋이 아는 사람은 그냥 최근에 뜨기 시작한 이벤트 공간 디자이너라는 게 나에 대한 모든 정보일 것이다. 방송을 출연하면서 몇 가지 더 알려진 이야기들이 있지만 대체로 나는 세상에 내 이야기를 드러낸 적이 없다. 그냥 일을 하면서 생존하려 했지, 나를 어떤 식으로 포장하고 알리려는 시도는 단 한 번도 하지 않았다. 그런데 책을 쓴다는 건 나를 알리는 일이었다. 나의 아픈 것도, 나의 실패도, 나의 실수들도… 내가 포장하고 싶은 이야기들만큼이나 어두운 기억도 어느 정도는 알려야 했다. 바로 그것 때문에 글쓰기가 진전이 안 되었다. 꽃이 봉오리를 열고 세상에 자기 멋을 드러내야 하는데 나는 그저 입 꽉 닫고 있는 봉오리에 불과했던 것이다.

　글을 쓰다가 마음이 먹먹해지는 순간이 몇 번 있었다. 과거의 너무 아팠던 순간이 트라우마처럼 나를 짓눌렀다. 그래서 글쓰기를 멈추고 다시 일로 도피했다. 일하는 순간 그 트라우마가 깨끗이 사라졌다. 나에게는 정말 일이 치유였고 행복이었다. 왜 그랬을까? 나는 그냥 살았던 게 아니라 살.아.냈.기 때문이라 생각한다. 살아냈다는 것은 그냥 살았다는 말과 엄청난 뉘앙스 차이를 보인다. 살아냈다는 것은 낮은 포복으로 빗발치는 총알을 피하며 여기 이곳, 여기 지금에 도달했다는 얘기다. 그런데 돌아보니 나처럼 살아낸 사람들이 많은 것 같다. 그래서 나만 모든 힘든 일을 겪은 것처럼 이야기하고 싶지 않다. 나보다 더 힘든 전투를 치른 인생도 또 얼마나 많은가. 나는 내가 겪은 전투의 승리를 자랑하는 게 아니라 다만 이런 전투도 있었음을 보여주고 싶을 뿐이다.

나는 체질적으로 꼰대가 싫다. 그래서 혹시라도 내가 꼰대처럼 이야기할까 봐, 신경 쓰이기도 한다. 이 책이 꼰대 넋두리가 되지 않기 위해서는 강요와 오만의 기름기를 빼는 것이 가장 중요하다. 그래야 이 책을 읽으면서 단 몇 줄이라도 공감하며 고개를 끄덕일 수 있을 것이다. 꼰대란 정작 내세울 것도 없는데 오만함에 빠지는 걸 말한다. 소리는 크지만, 내용은 없는 것이다. 이런 스타일은 젊은 사람들은 물론 누구나 싫어할 수밖에 없다. 꼰대는 정체되어 썩은 물이다.

내 인생은 고여 있던 적이 없다. 이쪽 바위에 부딪히고 저쪽 나무를 휘감기는 했어도 늘 어디론가 흘러갔다. 흘러온 세월을 생각하니 내 인생에 어울리는 사자성어 하나가 생각난다. 노자

도덕경 8장에 나오는 상선약수上善若水. 내 삶은 상선약수 그대로
였던 것 같다. 작은 그릇이면 그 그릇에 맞게 담겼고 큰 그릇이면
또 그릇에 맞게 담겼다. 물은 선하여 만물을 이롭게 하지만 다투
지 않는다는 말처럼 나는 특별히 모나게 누구와 다투었던 적은
없었던 것 같다. 그것이 물의 선한 성질과 같다.

　　어떤 공간을 본다. 공간은 공간일 뿐이다. 생명이 없는 사물과
다름없다. 그런데 그 공간에 주인공이 등장한다. 그 주인공이 파
티를 준비한다. 바로 거기서 생명이 태어난다. 죽은 공간에 생명
이 붙는다. 나의 과거는 죽은 공간에 많이 머물렀던 것 같다. 사
람의 기를 죽이는 그런 공간들 속에서 살아내느라 힘겨웠던 것
같다. 죽은 공간을 살리는 일, 나는 그 일을 하고 싶었다. 평범한
공간을 비범하게 만드는 일, 나는 그것이 진정 세상을 디자인하
는 일이라 생각했다. 나의 디자인으로 누군가의 인생에 어둠이
사라지고 빛이 들게 하는 일, 내가 꿈꾸는 일의 벡터는 바로 그
방향으로 움직였다.

　　꽃을 좋아했다. 그러나 단순히 꽃만 좋아한 것이 아니었다. 꽃
이 놓여 있는 그 공간의 조화를 생각했다. 꽃은 자연이었다. 나
는 그 자연을 사랑했다. 자연의 생명력을 공간에 심고 또 심었다.
컨셉이 안 잡힐 때면 차를 몰고 자연을 느낄만한 곳으로 달려갔

다. 영감은 바로 그곳에 숨어 있었다. 그걸 만나는 순간의 기쁨이란 첫사랑을 만났을 때 기쁨의 1,000배라 할 수 있다. 자연에서 컨셉을 찾는 것은 영송 마틴에게서 배웠다. 그의 에너지, 그의 생각, 그의 아이디어가 너무 부러웠다. 그를 만난 순간, 그의 작품을 접한 순간 내 인생의 결정적인 터닝 포인트가 시작되었다. 영송 마틴은 미국 파슨스 디자인 스쿨 오티스 미술대학 수석 강사와 2001년부터 와일드플라워 린넨의 수석 디자이너 겸 대표직을 수행했던 세계적인 파티플래너다. 내가 감히 따라갈 수 없는 영역에 있던 사람이다. 미국은 파티 문화가 워낙 발달한 나라인데 영송 마틴은 그곳에서 놀라운 실적을 쌓아가고 있는 사람이었다.

미국의 파티는 주로 렌탈로 이루어진다. 테이블 크로스, 체어 커버 등도 다 렌탈을 한다. 그런데 파티를 하려면 뭔가 멋스러워야 한다. 그 멋이 바로 디자인이고 그 디자인에 나름의 영역을 구축한 사람이 바로 영송 마틴이다. 영송 마틴은 원래 패션디자이너였다. 어느 날 조카의 이벤트를 준비하다가 보니 체어에 그냥 커버만 씌어 있고 리본도 아주 촌스러웠단다. 디자이너는 촌스러움 앞에서 뭔가 바꿔보고 싶은 충동이 생긴다. 영송 마틴은 그 디자인을 전부 새롭게 바꾸었는데 그게 너무 예쁘게 완성되었다고 한다. 생각지도 못한 결과물이 나오면 그것이 인생의 터닝포인트가 되는 경우가 있다. 영송 마틴의 터닝포인트는 바로 그 지점이었던 것 같다. 패션디자이너에서 파티디자이너로 사업적 변신이 시작된 것이다.

나처럼 평범한 사람이 어떻게 세계적인 영송 마틴을 만날 수 있었을까. 처음에는 언감생심 꿈도 꾸지 못했던 일이지만 무모한 용기로 이메일을 보냈고 한국에서 사업을 기획하고 있던 그의 시야에 한국의 먼지 묻은 민들레가 눈에 들어왔다. 꽃은 그 꽃을 예쁘게 바라보는 사람 앞에서 더 화려한 모습을 뽐내는 법이다. 나를 알아주는 사람, 내가 되고 싶은 사람과 손잡은 순간 나의 꽃봉오리는 활짝 벌어지기 시작했다. 간절히 무언가를 염원하다 보면 어떤 인연과 만나는 기가 막힌 순간이 온다. 내게 그 순간이 올 것이라고는 전혀 생각하지 못했지만 결국은 왔다. 그래서 말한다. 이 책을 읽는 당신도 그 순간이 올 것이라고. 내가 경험했으니, 너도 될 거야 하는 헛된 꼰대질이 아니라 간절함, 그 단어의 에너지가 엄청나다는 걸 얘기하고 싶다. 간절함은 없던 힘도 만들고, 없던 기적도 만들고 그래서 결국 인생을 어떻게든 살아내고 말게 하는 엄청난 결과를 보여준다.

이 책은 죽은 공간을 생명이 있는 공간으로 만든 내 삶의 이야기다. 공간과 꽃, 공간과 사람이 만나 공감이 가는 공간으로 변신하는 이야기가 펼쳐진다. 그리고 내가 어둡고 죽은 공간에서 생명의 꽃을 피웠듯이 이 책을 읽는 사람도 현재의 죽은 공간에서 새로운 꿈, 새로운 희망의 꽃을 피우리라고 자신한다. 누구나 넘어지고 깨진다. 어제도 그랬고 내일도 그럴 것이다. 그러면 어떤가. 인생 자체가 그런 것임을. 자꾸 넘어진다고 자전거 배우는 걸 포기하지는 않는다. 나중에 자전거로 여기저기 막 날아다닐 때는 넘어졌을 때의 상처는 다 잊고 산다. 어제 진상에게 뺨을 맞았다. 속상하지만 그냥 상처다. 그냥 넘어졌을 때의 상처다. 어제 부장의 꼰대질에 사표를 던지려다 말았다. 그것도 상처다. 그것도 한번 넘어졌다고 생각하면 된다.

나 역시 잘되었을 때보다 그렇지 않았을 때의 경우가 더 많다. 지금은 연예인들도 만나고 나름 이름도 알려졌지만, 어두운 과거가 차지하는 페이지가 더 많다. 그런데 그 어두움이 나를 지배하게 내버려 두지 않는다. 나의 상처가 지금의 행복을 방해하게 두지 않는다. 상처에 딱지가 생기면 새살이 나온다. 간혹 그 딱지를 빨리 만나려고 연고를 바를 때도 있다. 그게 책이거나 여행이다. 이 책이 그런 후시딘 같은 연고가 되었으면 좋겠다. 당신 인생의 후시딘 말이다. 상처에 새살을 돋게 하는 후시딘처럼 이 책이 상처받은 당신에게 작은 위안을 주길 바란다.

이 책은 총 6개의 공간으로 구성된다. 첫 번째 방에서는 비키정이라는 사람의 아픔을 먼저 만난다. 그리고 영송 마틴, 내 사업, 사업의 확장, 나의 꿈, 나의 사람들, 세상을 바라보는 내 생각을 담은 방들이 차례로 열릴 것이다. 나는 여자이고 여성스러운 일을 하고 있지만, 성향은 전혀 그렇지 않다. 그래서 그런지 글도 뭔가 힘줄이 불끈 느껴질 수 있다. 아파도 제대로 아파하는 아싸리한 부분도 만날 수 있을 것이다.

그러나 이것만큼은 알리고 싶지 않은 이야기도 분명히 있다. 그 점은 내가 좀 더 성장한 이후에 밝히고자 한다. 그 이야기 역시 나를 성장시킨 것이다. 그러나 지금은 그걸 세상에 내놓기가 조금 겁이 난다. 그래서 그 부분을 뺀 나머지 이야기는 날아다니며 신나게 늘어놓을 것이다.

짧은 기간에 많은 일이 있었다. 정말 압축해서 살아온 느낌이다. 그러나 그 농축된 삶 속에 어마어마한 깨달음이 있다는 것을 이 책을 쓰며 알게 되었다. 여러분의 삶도 마찬가지다. 여러분이 겪어온 많은 일들 사이사이에 여러분을 성장시킨 엄청난 깨달음이 있다는 걸 분명 알았으면 한다. 그리고 부디 그 깨달음이 내일의 웃음을 만들기를 기원한다. 선인장은 사막을 탓하지 않는다는 말이 있다. 내 삶이 그랬다. 여러분의 삶도 어떤 핑곗거리를 초월하고 자신의 생명력을 마음껏 꽃피울 수 있는 날이 오기를 바란다. 죽은 공간을 살아있는 생명의 공간으로 만들었던 내 모든 에너지를 이 책에 담아 여러분들에게 선물한다.

한남동 와일드디아 스튜디오에서
비키정

차 례

Ch. 5 디자인, 치유의 언어 ; 사업의 목표

Ch. 6 관계, 나를 만들어준 사람들

Ch. 7   가치, 나답게 사는 법

Ch. 1

상처, 살아남는 법 ;
비키정의 아픔

22살, 첫 사업의 시작

"나는 내가 부서지도록 달린다.

내가 멈추는 그곳이 나의 파멸이다."

이탈리아 철학자 노르베르토 보비오가 이런 말을 한다. "나는 내가 부서지도록 달린다. 내가 멈추는 그곳이 나의 파멸이다." 내가 일에 푹 빠져 살았던 지난 시절을 돌아보니 이 말이 딱 맞아떨어지는 것 같다. 멈추면 그 순간 내 모든 것이 끝날 것만 같아 독하게 일을 했던 것 같다. 일에 몰입하는 순간은 내가 살아있음을 느꼈고 꿈을 꿀 수 있음에 설레는 시간들이었다. 그런 시간의 연속은 자연스레 나를 워커홀릭으로 만들었다.

대학 3학년부터는 취업을 준비하느라 모두가 분주하다. 하지만 나는 취업에 별로 관심이 없었다. 취업보다는 무턱대고 사업이라는 걸 하고 싶었던 것 같다. 대학 입학 후 선배 권유로 학생회 활동을 하게 되면서 여러 행사를 기획하고 준비하는 과정을 접했고 그것은 새로운 자극이 되는 것과 동시에 사회 선배들까지 만날 수 있는 좋은 계기가 되었다. 좀 엉뚱했고 세상에 대한 호기심이 많았던 나에게 학생회 활동은 늘 새로움의 연속이었다. 학생회 운영은 정해진 예산으로 최대 효율을 올려야 했다. 나는 사업하는 어른들을 만나며 그들과 견적을 협의하고 조정했다. 예산을 아끼기 위해 적극적으로 움직였던 경험들이 아마 내가 사업을 하는데 작은 씨앗이 되었는지도 모르겠다.

대학 축제를 하려면 다양한 업체를 만나야 한다. 학생 신분으로 가격도 맞고 일도 잘해주는 업체를 찾기는 힘들다. 수소문 끝에 광고기획사를 운영하시는 졸업 선배를 알게 되었고 그분을 찾아가 적정한 가격으로 단체티 계약도 했다. 재학 중인 학교 후배가 찾아와 가격 네고를 하는 모습이 꽤나 당돌했는지 선배는 지금은 회사규모가 커져서 단체티 영역은 이제 안할려 한다면서 학교에 전공마다 학생회가 있으니 학생회에 영업을 해서 단체티 사업을 해보라는 권유를 받았다. 선배는 나에게 티를 제작하는 대구 공장도 연결해주시면서 단체티 사업의 프로세스를 적극적으로 알려주셨다. 나는 학생회장들을 만나 단체티가 필요하면 연락을 달라고 했다. 그 당시 단체티는 학과명을 크게 나열한 촌스러운 디자인이 대부분이었는데 사이즈, 로고 위치, 폰트 등에 다양한 변화를 주며 기존 단체티와 차별되게 했고, 공장 직거래로 단가를 낮추었다. 지인 영업이었지만 퀄리티와 디자인, 그리고 가격 모두 차별화하기 위해 노력했다. 중간중간 어려운 일도 있었지만, 그 난관을 넘어서는 순간이 재밌었다. 친구들이 시급 알바로 돈을 벌 때 나는 조금 다른 사업적 마인드로 일을 하며 돈을 벌었다. 그렇게 번 돈으로 등록금, 책값도 해결했다. 오로지 내 능력으로 번 돈이니 떳떳하고 뿌듯했다. 어린 나이였지만 '아, 돈은 이렇게 버는구나'라는 생각을 하며 세상의 많은 BM^{Business Model}에 대한 호기심은 더욱 많아졌다.

어떤 일을 할 때 '이거 재밌네' 하는 일이 있다. 지금의 내 모습은 과거의 내 생각, 내 행동이 축적된 결과다. 지나쳐가는 소소한 경험들 하나하나가 쌓여 지금의 나를 만든다. 대학 축제를 준비해본 경험을 바탕으로 지금의 파티, 이벤트 관련 일을 하고 그때의 작지만, 소중한 사업적 경험이 현재 이벤트 공간 디자이너의 삶의 초석이 되지 않았나 하는 생각이다. 운명은 정해진 것이 아니라 자신의 움직임에 의해 만들어진다. 지금 내가 무엇을 하느냐에 따라 내가 생각하는 그 이상의 미래를 만들어 갈 수 있을

지도 모른다.

　로맹가리는 "우리는 작은 것들로 이루어져 있다."라고 말했다. 우리 인생은 작은 것들의 반복이다. 작은 관심, 작은 재미들의 반복과 축적이다. 지금 우리는 어떤 일을 반복하고 있을까?

　재밌어서 하든, 타의로 하든 결국 지금의 반복된 시간들이 우리의 미래가 될 확률은 높다. 시집을 많이 읽는 사람이 시를 쓰고 싶어지고 결국에는 시인이 되는 것처럼 말이다. 나는 어릴 적부터 어렴풋이 사업을 하고 싶다고 생각했고 BM에 호기심을 가지면서 쇼핑몰에서 의류사업 하시는 분, 택시기사님, 요식업 하시는 분 등 다양한 분들에게 질문을 하곤 했었다.

27살에 얻은 교훈,
동업 그리고 배신

"내가 만든 사업 아이템인데

나만 밀려나야 하는 상황이 나에게는 지옥이었다."

내 나이 26살 때였던 것 같다. 내 속에 꿈틀꿈틀하는 사업적 감각이 뭔가 될 것 같은 멋진 아이템을 찾았다. 30대 중반의 지인 세일즈맨에게 괜찮은 사업 아이템이 있으니 같이 해보자고 제안했다. 지금 생각하면 무슨 용기로 그랬는가 싶다. 참 무모했던 추진력이었다. 나는 아이디어를 냈고, 영업을 할 사람이 필요했다. 아이디어와 영업력이 만나 사업은 1년만에 성과가 나왔고 2년차에는 사업의 성공을 잠시나마 맛볼 수 있었다. 어린 나이에 내가 사업을 개발하고 실제로 해냈다는 그 경험은 아주 값진 것이었다.

　처음에는 나와 지인 2인으로 시작했다. 나는 사업 아이템을 구상했고, 그분은 소액의 투자를 했다. 나의 역할은 디자인과 교육, 시스템화, 그분의 역할은 영업과 관리였다.

　거래처가 늘어남에 따라 투자비와 관리 및 영업할 수 있는 사람이 필요하게 되자 친구 두 명이 사업에 합류하게 되었다.

　총 네 명이 사업을 같이하게 되었고 수입은 1/N로 나누었다. 그런데 시간이 지나 점점 사업이 안정되다 보니 나를 제외한 나머지 세 명이 본인들은 투자금이 들어갔다고 돈을 투자하지 않은 나를 서서히 밀어내는 분위기였다. 아이디어를 내가 내고 초기세팅까지 다 해놓았는데 돈이 없고 어리다는 이유로 나를 배제하려 했다. 수입 중에서 내 몫을 떼어주기가 너무 아까웠던 것이다. 그들은 나를 제외시키기 위해 계획적으로 움직였고 태어나 들어보지 못했던 수많은 욕을 들으면서 나는 정신적으로 피폐해졌다. 억울한 감정들이 날마다 나를 괴롭혔고 깨어있는 시간은 고통이었다. 어지간한 힘든 일은 잘 참고 견디어 왔지만 내가 애정을 갖고 출발한 내 사업 아이템에서 내가 밀려난다고 생각하니 마음 그 자체가 지옥이었다.

나머지 세 명의 어른들은 고생은 본인들이 가장 많이 했고 투자도 자기들이 다 했다는 논리였다. 그리고 굳이 내가 없어도 일을 할 수 있다고 판단했다. 아주 비열했다. 내 것을 다 빼앗아 갔고 그렇게 동업이 깨졌고 그 순간부터 사람이 너무너무 싫어졌다. 기대가 컸기 때문에 실망도 컸던 것인가. 감정이 밑도 끝도 없이 추락했다. 우울증에 걸려 6개월 동안 수면제를 먹어야 할 정도였다. 그 배신자들에게 욕까지 듣다 보니 더 수치스럽고 현실에서 빨리 도망가고 싶었다. 혼자 버텨내기 힘들 정도로 너무 힘들었을 때였다. 사업에 대한 열망은 있었으나 경험이 없던 어린 나이에 사업의 성취와 추락을 한순간에 맛보았다. 보통 사람은 훌훌 털어버리고 젊은 나이니까 취업을 고려할 수도 있었을 것이다. 그런데 여전히 나는 취업에 대해서는 한 번도 생각하지 않았다.

그때 이후로 나는 사업을 다시 한다면 동업은 안 하겠다고 다짐했다. 그때의 경험은 지금에 와서도 나의 사업 원칙이 되어있다. 내가 그 동업에서 얻은 교훈은 내 사업이라는 오만함과 같이 일하는 사람에 대한 믿음이 너무 컸다는 것이다.

자존심을 위한 소비,
자존감을 위한 투자

"축적의 힘이라는 말을 좋아한다.

꾸준하게 축적해 나가다 보면 결국은

어느 시기에 엄청나게 큰 힘을 발휘할 것으로 생각한다"

동업이 깨지고 지옥 같은 시간을 보내면서 현실을 도피하고 싶은 마음이 너무도 컸다.

29살, 현실도피성 결혼을 하게 되었으나, 무책임한 상대로 인해 결국 가정의 경제적 책임을 모두 내가 다 떠안아야만 하는 또 다른 지독한 현실이 시작되었다.

지독한 현실을 살아내기 위한 분투를 하며 생각했다. 또, 꿈을 꿨다.

29살 결혼한 나이. 그때 10년 후 39살이 되었을 때는 40대를 다르게 맞이하겠다는 굳은 다짐을 했다.

나는 돈을 쓰는 기준이 달랐다. 생존을 위해 절박하게 일을 했기에 여유롭게 쓸 돈이 없기도 했지만 내 돈을 작은 그릇에 머물게 하고 싶지 않았다. 화장품, 옷을 살 여유도 없었고 명품은 꿈도 꿀 수 없었다. 내가 돈을 쓰는 곳은 오직 나의 그릇을 키우는 배움이었다.

물질적으로 풍족하지 않았음에도 돈이 들어오면 나를 위한 재투자에 집중했다. 내 인생의 흐름은 소비 지향이 아니라 투자 지향이었던 것이다. 그런데 나의 이런 성향은 린넨 코리아를 할 때도, 내 사업인 와일드디아를 할 때도 이어졌다. 사업 초기에 1,500만 원짜리 프로젝트를 맡게 되면 3,000만 원의 비용을 사용했다. 레퍼런스가 거의 전무했기에 완성도 높은 결과물을 내고 싶었고 회사의 가능성과 역량을 사람들에게 보여주고 싶은 마음이 컸다.

이윤추구라는 사업의 본질을 생각했더라면 그렇게 하지 못했을 것이다. 하지만 나는 이 기업이 2~3년 후 없어지는 회사로 만들고 싶지 않았고 인정받고 싶었다. 매출보다는 매입이 큰 상태로 3년을 보내다보니 회사가 휘청거렸지만 업계에서 빠른 시간안에 역량을 인정받기 시작했다.

경영자로서 자질이 없는게 아닌가 많은 자괴감을 느끼기도 했다. 회사의 재무제표보다 현장에서의 결과물을 더 중요하게 생각했으니. 결국 모든건 가치관에 따른 판단의 결과물이지만 지금 나는 그 누구보다도 더 내 사업을 잘 꾸려 가고 있다고 생각한다. 나처럼 자신의 발전, 성장에 더 투자하거나 제품 혹은 사업 아이템에 더 투자하는 경우도 있는 것이다. 그 투자가 당시에는 조금 바보스럽고 손해인 것 같지만 궁극적으로 고객의 호감을 높이고 사업의 그릇을 더 키울 수 있다는 장점이 있다. '저 회사는 1,500만 원짜리 프로젝트를 줬는데 3,000만 원짜리처럼 일을 해낸다.' 이런 소문은 업계에 금방 퍼져나가기 마련이다. 이걸 노리고 전략적으로 그렇게 일을 한 것은 아니지만 결국 그런 방향으로 내 사업을 호의적으로 바라보는 사람들이 늘어갔다.

내가 경제학과 마케팅을 전공해서 그런지 몰라도 마케팅에 대한 투자 비율도 다른 사람보다 높았다. 아마 내 브랜드를 빨리 키우고 싶은 욕심이었을 것이다. 그러다 보니 회사 자산은 늘 부족했다. 경영자로서는 항상 아슬아슬한 외줄타기 인생이었다. 몸집은 커졌지만, 늘 균형이 안 잡히고 아슬아슬했다. 누군가 옆에서 내가 하는 일, 내가 하는 사업을, 내가 하는 투자 성향을 보면 무척 불안했으리라 생각한다. 그러나 그게 내 체질이었다. 어릴 적부터 소비보다는 투자가 우선이라 생각했고 내가 조금 손해 보더라도 고객에게 하나라도 더 드리고 싶은 마음이 컸다.

　나는 축적의 힘이라는 말을 좋아한다. 내가 하는 일이 틀린 일이 아니라면 꾸준하게 축적해 나가다 보면 결국은 어느 시기에 엄청나게 큰 힘을 발휘할 것으로 생각했다. 그리고 진짜 그렇게 되었다. 조금 손해 보던 시기가 지나고 나니 내 그릇은 조금 커졌고 고객들이 나를 대하는 태도도 달라졌다. 그냥 그냥 1천만 원짜리 일에 급급했을 상황이 5배, 10배로 커졌다. 고객들은 저 회사에 일을 맡기면 손해보다 이득이라는 생각을 했다. 그게 바로 나도 모르게 나에 집중했던 투자의 힘이었다.

내가 가진 능력을
세상에 돌려준다는 꿈

> "나의 사업은 내가 필요로 하는 사람,
>
> 내 도움이 필요한 세상을 향해
>
> 재능 기부하는 마음으로 간다."

　재능기부, 언제부터 이 말이 나왔는지는 잘 모르겠지만 나는 재능기부라는 말이 참 끌린다. 기부라고 하면 물질적인 것만 생각하는데 재능을 기부한다는 건 정말 멋있었다. 자신이 가장 잘하는 것으로 누군가에게 도움을 준다는 것은 우리 사회를 참 따뜻하게 하는 기특한 생각이다. 특히 나처럼 혹은 나보다 더 어려운 시기를 걸어온 사람들이 이 사회에 자신이 피땀 흘려 키워 온 재능을 나눈다는 것은 우리 아이들에게도 물려주고 싶은 사회적

선순환이라고 본다.

　내 재능은 꽃으로 시작해 웨딩, 그리고 파티플랜, 공간디자인 등으로 이어졌다. 처음에는 약간의 실수도 있었지만 하나씩 집요하게 물고 늘어지며 완벽을 향해 나아가다 보니 그게 내 재능이 되었다. 나는 그동안 어떻게 하면 다르게, 어떻게 하면 독특하게 공간의 가치를 창조할 것인가를 많이 고민했다. 무언가 대대적으로 바꾸려 하기보다 작은 것 하나만 바꾸어도, 작은 소품만으로도, 배치만 조금 다르게 해도 죽은 공간이 확 살아나는 걸 많이 경험했다. 그러다 보니 디자인이 이 사회에 엄청 중요한 역할을 할 것이라는 생각이 쌓여 갔다.

　20대 당시의 꿈은 자선사업가였다. 하지만 자선사업가는 아무나 할 수 있는게 아니었다. 재능이 아무것도 없었던 20대에 재능기부하는 사람들이 부러웠다. 물질적인 기부는 세상에 대한 따뜻한 관심이 있다면 누구든 할 수 있는 것이라 생각한 반면, 재능기부는 아무나 할 수 있는 것이 아니기에 기부할 수 있는 재능을 갖고 있는건 큰 축복이라 생각했다. 이것 역시 축적의 힘이 작용했다. 어린 나이부터 그런 생각이 쌓이다 보니 결국 그 방향으로 모든 에너지가 흘러갔다. 내가 방송 출연한 SBS의 〈오마이 웨딩〉도 사연을 듣고 평생에 한번뿐인 결혼식을 선물하는 사실상 재능기부 프로그램이었다. 어떻게 보면 그게 내 재능을 사회에 제대로 기부한 첫 번째 사례일 것이다. 자기계발 강사로 유명한 김미경 선생님과의 인연도 재능기부가 출발점이었다. 강사님이 미혼모를 돕기 위한 비영리 패션 브랜드를 런칭할 때 그 런칭쇼를 같이 준비했고 쇼디렉팅을 맡게 되었다. 강사님과 개인적 인연이 없을 때 미혼모 돕기 패션쇼를 진행하신다는 내용을 인스타그램을 통해 접하게 되었고 무작정 디엠을 보내 쇼디렉팅 재능기부를 하고 싶다고 했었다.

무슨 일이든 선의로 대하다 보면 선한 에너지도 흐르는 법이다. 연예인들도 나의 계산하지 않는 열정을 좋아했고, 나 역시 그들의 재능기부에 박수쳤다. 그렇게 서로서로 칭찬하고 격려하며 세상을 위한 좋은 결과물을 만들어 내고자 했다. 나는 이 분야의 일을 하다 보니 가진 것은 비록 많지 않았지만, 기부할 수 있는 재능이 생겨서 너무 좋았다. 그리고 더 좋은 것은 그렇게 좋은 일을 하면서 어떤 영감을 받을 줄 아는 사람이 되었다는 사실이다. 내가 워커홀릭처럼 일에 빠져드는 이유는 바로 이 영감을 좋아하기 때문이다. 나는 나에게 혹 다가온 영감을 받을 줄 아는 일상이 행복하다. 그리고 내가 받은 영감이 아이디어가 되고 그 아이디어가 세상에 유익한 가치를 창출할 때 아주 큰 보람을 느낀다. 이 기분은 돈 그 이상의 가치를 지닌다. 말 그대로 인생의 희열이라고 할 수 있겠다.

나는 지금의 사업을 참 힘들게 키워왔다. 모든 사람이 힘들어했던 코로나19 시기에는 거의 밑바닥까지 내려갔다 왔다. 아마 나와 비슷한 경험, 고통을 겪은 분들이 많을 것이다. 코로나19라는 큰 산을 무사히 넘었고 이제서야 그동안 손해 본 것들을 겨우 만회한 것 같다. 그렇다 해도 플러스라고는 말할 수 없고 그저 제로베이스에 도달했다고 말할 수 있는 정도다. 그러나 그 제로베이스만으로도 나는 너무 감사하다. 지하에서 힘들었던 시기를 지나 이제 햇빛의 은총을 느끼는 지상으로 올라왔지 않은가. 지상에서 다시 우리 사회를 위해 무언가 만들어 낼 희망이 있지 않은가.

나는 사업을 내 이득만 채우려고 접근하지 않는다. 나를 필요로 하는 사람, 내 도움이 간절한 세상을 먼저 바라본다. 그걸 향해 내 재능을 기부한다는 마음으로 접근하다 보면 결국 돈은, 이익은 따라오게 되어있다. 현재 내 사업은 어디 내놓기 부끄러울 정도이지만 제로베이스까지 끌어올린 10년의 동력으로 10년 후에는 나와 내 직원들, 우리 사회가 자랑스러워할 멋진 기업이 완성되어 있을 것이다. 나는 그 목표를 향해 여전히 밤을 새워 가며 내 열정을 불태우고 있으며 영감과 내 일의 선한 영향력에서 보람과 행복을 찾고 있다.

내 삶은 버팀의 연속이었다

"버틴다고 그냥 버티어서는 안 된다.

반격을 위한 작은 준비가 필요하다."

요즘 젊은이들 사이에 '존버'라는 말이 유행하는 것 같다. '존버' '존나 버틴다'는 의미다. 어떻게든 현재의 영역에서 떨어져 나가지 않겠다는 의지가 보이는 말이다. 버틴다는 것은 벼랑 끝에 서 있다는 얘기다. 한 발 잘못 디디면 그냥 낭떠러지에서 떨어진다. 한번 추락하면 다시 올라오기가 너무 힘든 세상이다. 그래서 버틸 때까지 버텨야 한다. 나만 그렇게 살았던 게 아니라 생을 가냘프게 붙잡은 모든 약자가 그렇게 살았고 지금도 역시 그렇게 살고 있다. 유럽의 어느 해부학자가 생은 죽음에 저항하는 힘들

의 총체라고 했다. 나는 감히 지금 우리의 삶은 버티는 힘들의 총체라고 얘기하고 싶다.

나는 어떤 힘으로 버티었는가. 대학 때는 젊은 객기로 부조리의 탄압을 버티어 내었다. 결혼 후에는 도저히 가난할 수 없었던 인생이 점점 가난해지는 상황으로 떠밀려 패배하기 싫어서 악착같이 버티었다. 동업도 마찬가지다. 사람을 쉽게 믿은 건 분명 내 잘못이다. 쿨하게 인정한다. 그러나 그 이후 내 마음의 망가짐은 거의 회복 불능 상태까지 치달았다. 그 상태까지 밀려나면서 느낀 것은 이러다 이번 생은 끝난다는 것이다. 밑바닥 그 밑까지 내려갔지만 죽을 수는 없었다. 물론 다 내려놓고 싶은 마음도 들었지만, 곧 고개를 내젓고 죽어서는 안 된다고 다짐했다.

버틴다? 아니다. 막연히 버티어서는 그냥 죽는다. 뭔가 반격을 위한 준비가 필요했다. 그냥 속절없이 한 뼘씩 밀려나 벼랑 끝으로 떨어지는 것이 아니라 발가락 끝에 힘을 주고 그 발가락이 흙을 움푹 패며 어떻게든 버티려는 의지를 다졌고, 그 버티는 힘으로 다시 앞으로 아주 조금씩이라도 나가려고 하는 에너지를 만들었다. 그렇게 해서 만들어진 것이 지금의 나다. 나의 상처를 이 책에서 다 밝히기는 힘들다. 내 삶의 상처에는 아직 새살이 나오지 않았다. 그러나 그 상처를 보면 나 자신이 참 잘 버티었다는 기특함을 느낀다. 누구나 상처를 안고 산다. 이 책을 읽는 독자분도 분명 그럴 것이다. 누구에게 밝히기 힘든 상처들인데 그 상처들에 지지 않고 여기까지 잘 살아낸 나와 여러분들은 분명 박수를 받아도 좋은 사람들이다.

사실 나는 MBTI에서 극 I 성향이다. 그런 사람이 방송에서 능청스럽게 말하는 걸 보면 놀라는 사람들이 많다. 나를 어느 정도 아는 사람이라면 더 그럴 것이다. 그러나 그런 색다른 내 모습도 버티는 힘에서 나왔다. 그리고 그 힘이 나를 다른 사람으로 바꾸어 갔다. 누구는 방송 체질이라고 얘기하지만, 절대 아니다. 나는 아직도 방송이 버겁고 힘들다. 하지만 그 방송에서도 버티는 각오로 임한다. 내게 주어진 무대에서 밀려나고 싶지 않다. 나는 사람도 잘 사귀지 않는다. 사람들에게서 받은 상처가 깊어서일 거다. 사람들과의 관계에서 받는 상처의 시간을 쌓는 것보다 혼자만의 시간 속에서 내자신의 성장을 쌓는 걸 좋아한다.

Ch. 2

인연, 인생의 전환점 ;
영송 마틴, 그리고
와일드플라워 린넨 코리아

누구나 가슴 설레는 순간이 반드시 온다

"이벤트 공간 디자인이라고?

아니 어떻게 이런 작품이 나올 수 있지?

어떻게 이런 디자인 분야가 다 있지?"

삶은 전쟁 같다라는 생각을 하곤 했었다. 치열한 이 세상을 살아내는데 있어 그때그때 필요한 여러 무기를 갖고 있어야 버틸 수 있는게 삶이라 생각했다. 여러 무기는 곧 여러 역량이라 생각했고 배움으로 역량을 채워나가고자 했다. 그 중의 하나가 플라워 데코레이션이었다. 1년여 정도 지났을까. 강사님이 미국에서 파티 디자인을 하는 한국계 미국인이 있는데 그분의 작품을 찾아보라 했다. 영송 마틴. 검색창에 이름을 넣으니 형형색색 아름다운 이미지들이 쏟아져 나왔다. 신세계를 보는 것 같았고 얼떨떨했고 가슴이 떨렸다. 나는 그 모든 장면에 반하고 말았다. 어떻게 이렇게 아름다울 수가 있을까? 어떻게 이런 디자인이 나올 수 있을까? 나는 사진 한 장 한 장을 다 보면서 심장이 엄청나게 요동치는 걸 느낄 수 있었다. 주체할 수 없는 설렘이 온몸을 휘감았다. 내 인생에 그런 느낌은 처음이었다. 나는 그날 이후 두 달간 잠을 잘 수가 없었다. 눈을 감아도 그 사진들만 어른거렸다. 지우려 해도 지울 수 없고 잊으려 해도 잊을 수 없었다. 누구나 인생에 가슴 설레는 순간은 한 번쯤 온다고 하지 않는가. 그 순간에 그때 내게 온 것이다.

나의 가슴앓이는 그냥 주저앉아서 시간만 까먹는 걸 허락하지 않았다. 뭔가를 해야 했다. 내 느낌이 어떤 결과를 만들어내기 위한 움직임이 필요했다. 내 속에 가두어 두기에는 그 느낌이 너무 강렬했다. 그래서 나는 일단 그 작품의 주인공인 영송 마틴이 있는 곳을 검색하기 시작했다. 그리고 와일드플라워 린넨의 대표이자 수석 디자이너라는 사실을 알고 그 회사로 바로 이메일을 보냈다. 배우고 싶다는 간절함을 담은 내용이었다. 조금은 무모했지만, 그것밖에 내가 할 수 있는 일이 없었다. 그런데 아쉬운 답장이 날아왔다. 사실 답장이 온 것만 해도 엄청 벅찬 일이었지만 자기 회사에서는 누구를 가르칠 아카데미가 없다는 내용이어서 그만 허탈한 기분이 들었다.

사실 와일드플라워 린넨은 생산제조공장도 가지고 있는 파티 렌탈업체였다. 그 업체가 한국에는 파티플래너로 소개되어 있었다. 영송 마틴은 미국인인 줄 알았는데 알고 보니 20살에 미국으로 이민간 한국인이었다. 그런 그녀가 파티로 유명한 미국에서 파티 공간의 테이블린넨, 체어커버 등에 디자인 장식을 접목한 최초의 디자이너로 승승장구하고 있었다. 평범한 테이블, 평범한 의자가 그녀의 디자인 감각으로 완전히 새로운 작품이 되어 다시 태어났다. 영송 마틴은 디자인만 예쁜 게 아니었다. 색감 자체도 너무 달랐다. 너무 고급스럽고 은은하며 마치 의자에 드레스를 입혀 놓은 것처럼 독특하고 화려했다. 내가 해야 할 일이 바로 이것이구나 하는 생각이 들었다. 내가 가야 할 길이 바로 눈에 보였다.

그런데 미국은 이미 그런 디자인 자체가 트렌드인 나라였다. 물론 영송 마틴이 선도적 역할을 했지만 대부분 호텔의 파티 등에서는 이런 장식 분야의 경쟁이 치열했다. 이벤트 공간 디자인이라는 개념이 자리를 잡아가고 있던 나라였다. 그게 참 부러웠다. 그 물에서 신나게 놀고 싶었다. 우리나라에는 없던 세계라 더 욕심이 났다. 패브릭을 사용하는 느낌, 꽃을 꾸미는 느낌 자체가

달랐다. 한 공간 안에 각각의 요소가 디자인적 요소로 작용하는
뭔가 차원이 다른 세계였다.

영송 마틴, 첫만남 20분

"단 20분간의 만남으로

내가 제안한 사업 아이디어가

영송 마틴의 마음을 흔들었다."

어느 날 반가운 이메일이 하루를 기분 좋게 깨웠다. 기다리던 것이었기에 더 좋았다. 영송 마틴이 직접 보낸건 아니고 직원이 보낸 이메일이었지만, 내용은 영송 마틴이 한국에 온다는 소식이었고, 나를 직접 만나고 싶다는 이야기였다. 하늘을 날아갈 것처럼 기쁘다는 느낌이 바로 그런 순간이었다. 영송 마틴이 소공동 롯데호텔의 컨설팅을 해 주고 있었는데 한국에 오면서 나를 만나겠다는 것이다.

"영이 너한테 직접 연락할 거야."

영송 마틴은 나를 애칭으로 '영'이라고 불렀다. 그녀는 그동안 컨설팅을 위해 소공동 롯데호텔을 여러 번 왔다 갔다 한 모양이었다. 3년 동안 그 호텔 컨설팅을 해 주었는데 이번에 조금 오래 머문다는 얘기였다. 나는 영송 마틴이 도착하는 날 아침부터 핸드폰만 계속 붙잡고 있었다. 1분 1초가 나를 애타게 하려는 듯 더 천천히 가는 것 같았다. 계속 초조하게 기다리고 있는데 오후에 영송 마틴에게서 반가운 전화가 왔다.

"제가 4시부터 4시 20분까지 딱 20분만 시간이 있어요. 롯데호텔로 오실 수 있나요?"

나는 너무 기뻤다. 그 20분이 내게는 너무나 귀한 시간이었다. 나는 아마 약속 시간인 4시가 아니라 3시부터 그 호텔에서 기다렸던 것 같다. 그렇게 해서 영송 마틴과 첫만남을 갖게 되었다. 그녀를 본 첫 느낌은 참 당당했고 자신감이 그대로 겉으로 드러났다. 그녀는 대뜸 나에게 당신 뭐 하시는 분인데 자기에게 그렇게 이메일을 보냈냐고 물었다. 실은 아카데미가 없다는 회신을 받고 나서 나는 와일드플라워 린넨의 한국 라이센스를 갖고 오고 싶다는 내용으로 다시 이메일을 보냈었다. 나는 있는 그대로 당신의 작품을 보고 반했고 당신이 하는 일을 배우고 싶은 간절한 마음으로 이메일을 보냈다고 했다. 그리고 그 자리에서 영송 마틴에게 한국에서의 웨딩홀 사업에 대해 제안을 했다. 별도로 페이퍼를 준비한 것은 아니고 내 생각과 아이디어를 이야기했다.

한국의 웨딩홀은 인테리어 주기가 2년이었다. 인테리어가 조금 좋다 싶으면 경쟁 웨딩홀이 그대로 따라 해서 새로운 아이디어들이 죽었다. 사실 2년 주기를 짧다고 할 수도 없다. 요즘은 트렌드가 너무 빨리 바뀌는 세상이다. 나는 영송 마틴의 린넨이 공간에 주는 힘을 믿었다. 2년 주기로 인테리어 공사를 하게 되는 웨딩홀 입장에서는 비용적으로 많은 부담이 된다. 영송마틴의 체어커버 디자인 교체만으로도 충분히 공간의 변화가 될거라는 생각이 들었다. 한국에는 웨딩홀이 전국적으로 몇천 개가 있다. 거기에 영송 마틴 렌탈 사업을 하면 될 것이라는 판단이 들었다.

그래서 웨딩홀 업계와 협상을 해서 6개월 주기로 1년에 2번 디자인 교체 및 장기 렌탈 비즈니스 모델을 영송 마틴에게 제안했다. 그렇게 나에게 주어진 20분이라는 짧은 시간에 영송 마틴에게 내 아이디어, 내 열정을 압축해서 보여주었다.

첫 만남 1주일 뒤,
영송 마틴의 사업파트너가 되다

"웨딩 이벤트 일은 트렌드가 빨리 바뀌어서

피드백도 빨라야 하고 즉각적 변경도 가능해야 하는데

한국 기업들은 그게 좀 부족했다."

"저, 내일 상해가요. 갔다가 1주일 뒤에 오는데
　우리 그때 다시 만나서 얘기해요."

　영송 마틴은 내 사업 제안에 흥미를 느끼는 눈치였다. 그러잖
아도 한국 사업 진출을 생각하던 참이었다고 했다. 20분 안에 할
수 없는 이야기들이 많았다. 사실 그 당시에 나는 사업을 위해
영송 마틴을 만났다기보다는 영송 마틴을 만나는 것 그것만으로

도 좋았다. 어떻게든 그녀와의 인연을 연결하고 싶었다. 그래서 나를 감동하게 했던 그 작품들을 나도 만들 수 있는 능력을 갖추고 싶었다. 사업보다는 배움이 더 급했던 때였다. 그러나 인생은 늘 예상대로 흘러가지 않는 법이다. 아니 오히려 나를 더 빠른 속도로 미래로 끌고 가는 때도 있다. 영송 마틴과의 첫 만남 이후가 그랬다.

1주일 뒤, 영송 마틴이 다시 한국에 왔다. 나는 약속한 대로 그녀를 만났고 이번에는 20분이 아니라 두 시간의 긴 미팅이 되었다. 이번 미팅은 내 사업 아이디어를 구체적으로 어떻게 진행할 것인지를 논의하는 자리였다. 사업을 하느냐 마느냐가 아니라 그냥 사업을 결정하고 나와 이야기를 했다. 갑작스럽게 사업가가 된 순간이었다. 미팅이 끝난 후에 영송 마틴은 다시 미국으로 돌아가야 하니 얘기 나눈 내용을 토대로 사업 계획을 정리해서 이메일로 보내라고 했다. 나는 정말 꼼꼼하게 자료도 조사하면서 사업 계획을 정리했다. 빈틈이나 허수가 있는지도 최대한 체크했다. 내가 잘 모르는 건 주변 분들에게 물어가면서 정리했다. 그렇게 사업가의 첫걸음을 뒤뚱뒤뚱 시작했다.

그런데 영송 마틴과 2시간 미팅하는 날 바로 전날에 한국에서 〈글로벌 성공 스토리〉라는 TV 프로그램이 방영되었다. 이 프로그램은 해외에서 성공하신 분들의 이야기를 다큐멘터리로 보여주는 프로그램이었다. 그 방송이 나가고 나서 영송 마틴은 한국에서 여러 사업 제안을 받았다. 그녀에게 제안한 곳은 모두 큰 기업들이었고 개인은 나 혼자였다. 그런데 영송 마틴은 그 많은 기업을 제치고 나와 손을 잡았다.

왜 그랬을까? 이유는 단순했다. 한국의 일부 기업들은 컨펌도 오래 걸리고 피드백 속도가 느렸다고 한다. 이벤트 일은 순간순간 트렌드도 빨리 바뀌기 때문에 피드백이 빨라야 하는데 그걸 못 맞춰준 것이다. 피드백뿐이 아니다. 예상치 못한 변수가 발생하면 이를 대처할 수 있는 순발력도 없었다. 지금은 조금 달라졌지만, 그 당시 한국 기업의 프로세스가 그랬다. 그런저런 이유로 영송 마틴은 한국 기업들하고는 일을 못 하겠다고 생각하던 차였다. 그런데 엉뚱하고 도전적인 여자아이 하나가 새로운 비즈니스 모델을 제안하니, 거기에 솔깃했고 그래서 나를 선택했다. 기업들의 제안은 다 물리치고 경험도 부족한 개인을 사업파트너로 손을 잡은 것이다. 나였어도 그렇게 했을까? 지금에서 생각해보면 나는 그런 선택을 하지 못했을 것 같다. 물론 나에게는 기분 좋은 일이지만 뒤집어 생각하면 영송 마틴의 그 결단은 나름 새로운 도전이지 않았을까? 영송 마틴은 직원들의 만류에도 불구하고 한 개인을 선택했고 그 한 개인은 새로운 꿈을 꾸며 새로운 미래를 그려나갈 수 있게 되었다.

　나는 원래 나에 대해 한계를 느끼는 사람이 아니다. 지금은 부족해도 조금씩 채워가고 성장해 갈 수 있다는 강한 확신을 가지며 산다. 영송 마틴을 만날 때도 그랬다. 나를 모르는 사람은 나의 행동이 다소 무모해 보인다고 생각했을 것이다. 그러나 나는 그 만남의 순간도 그림을 그리며 준비했다. 만나서 무슨 말로 영송 마틴의 마음을 흔들 것인가도 고민했다. 수면 밑에서 엄청난 발길질로 그 순간을 준비한 것이다. 그 당시 기업들은 내가 영송 마틴의 파트너가 될 것이라고는 꿈에도 생각하지 않았을 것이다. 스스로의 부족함을 채우지 않고 비웃기만 하는 사람들이 있다. 그런 사람들은 이 업계에서 아무도 모르게 순식간에 사라진다. 내가 올바르지 않은 상태, 내가 채워지지 않은 상태에서 누군가를 비웃으면 안 된다. 나는 내 경험을 비추어 영송 마틴과 비슷한 상황이 온다면 결코 작은 개인, 작은 기업들을 무시하지 않을 것이라고 생각했다.

꽃과 디자인, 그리고
와일드플라워 린넨 코리아의 출발

"와일드플라워 린넨 코리아의 렌탈 사업을 출범하려면

미국에서 2억 원가량의 제품을 사와야 했다.

나의 첫 사업은 거기서부터 난관이었다."

내가 드디어 사업을 시작하게 되었다. 사업, 즉 비즈니스란 무엇일까? 여러 책, 여러 사람을 만나고 나는 다음과 같은 결론을 내렸다. 비즈니스는 내가 원하는 것, 내가 좋아하는 것을 파는 게 아니라 사람들이 원하는 것, 사람들이 좋아하는 것을 파는 것이다. 협상과 흥정도 마찬가지다. 상대가 원하는 것을 먼저 주고 내가 원하는 것을 취한다. 내가 왜 영송 마틴과 연결되었을까. 영송 마틴이 원하던 것이 나에게 있었기 때문이다. 한국 웨딩홀 이벤트 트렌드를 발 빠르게 읽고 적용할 수 있는 그것. 그것이 바로 영송 마틴이 원하는 것이고 그걸 내가 가지고 있었기 때문에 자연스럽게 연결된 것이다.

꽃을 처음 배우게 된 곳은 첫아이를 임신했을 때 아파트 상가 꽃집이었다. 교회 집사님이 운영하시던 곳이었는데 태교로 너무 좋을 것 같다며 일주일에 한시간씩 꽃꽂이를 알려주셨다. 한번 꽃을 배우고 나니 더 욕심이 생겼다. 한 과정을 끝내면 다시 다른 과정을 찾아서 배웠고 기초 과정이 끝나면 더 업그레이드된 과정을 찾았다. 그렇게 조금씩 조금씩 과정을 높여 1년의 과정을 거의 다 마칠 즈음에 만난 사람이 영송 마틴이고 와일드플라워 린넨이다. 꽃에 관심이 많았으니 당연히 영송 마틴의 작품이 눈에 들어왔고 그 작품에 매료되어 그녀를 만나기에 이른 것이다. 사실 꽃을 배우면서 영송 마틴의 작품과 자료를 몇 번 봤다. 뭔가 자꾸 끌리는 매력이 있어서 즐겨찾기 해놓고 더 유심히 보게 되었다. 그러다 그냥 바라만 보면 안 되겠다 싶어서 이메일로 배움을 청한 것이다. 그 회사에 아카데미가 있는지 없는지도 모르고 그냥 무작정 배우고 싶다는 이메일을 보냈다.

영송이 비즈니스적으로 나에게 관심을 가진 것은 렌탈 사업이었다. 본인은 미국에서 1일 렌탈 사업만 했는데 한국에서 장기 렌탈 사업을 하면 나름 괜찮을 것 같다는 계산이 선 것이다. 비즈니스는 이런 것이다. 비즈니스는 내가 하는 일이 상대에게 분명한 가치가 있어야 한다. 이런 원칙은 거의 공식이나 다름없다. 내가 하는 일이 타인에게 가치가 없다면 성공할 수가 없다. 타인, 즉 사람에 집중해야 한다. 나는 영송 마틴의 사업보다 영송 마틴이라는 사람에 더 집중했다. 그리고 그녀가 좋아할 만한 새로운 비즈니스 모델인 장기 렌탈 카드를 꺼냈다.

그런데 문제가 생겼다. 한국의 웨딩홀에서 렌탈 사업을 하려면 미국 제품을 다 사와야 했다. 와일드플라워 린넨 코리아의 사업 계약서에 담겨있는 조건이었다. 그 가격이 거의 2억 원 정도 되었다. 어떻게 하나? 나는 수중에 돈이 없었다. 영송 마틴한테는 6개월동안 구매수량을 채우겠다하고 여기저기서 초기 구매 자금을 마련하기 시작했다. 그렇게 어렵게 내 사업을 시작했다. 내 사업이라기보다는 영송 마틴의 한국 지사 사업이었다. 그런데 사업이라는 것이 처음부터 땅 짚고 헤엄칠 수 없는 법. 웨딩홀 사람들이 내 아이디어 렌탈은 안 하고 웨딩홀 기물 납품하는 곳에 디자인을 보여주며 카피를 의뢰했고 렌탈 금액보다 저렴하게 구매를 하기 시작했다. 이 분야는 저작권이 따로 없어서 그런 카피 제품들에 딱히 저항할 방법이 없었다. 내 카피 제품들이 시중에 막 돌기 시작했다. 내 사업을 꾸려 가는 것만큼이나 카피 제품에 대한 대처가 시급한 상황이었다.

남동생과 여직원 3명이
사업을 시작하다

"공간을 비우고 채우는 일,

이벤트 공간 디자이너"

여기저기서 한푼 두푼 빌려 시작한 와일드플라워 린넨 코리아는 나와 남동생 그리고 여직원 그렇게 3명이 시작했다. 린넨 디자이너였던 영송 마틴은 파티 디자인에 있어 공간 전체의 컨셉을 중요시했다. 그 당시 한국에서는 이벤트 공간 디자인이라는 개념보다는 플라워 장식이 파티 장식의 큰 부분을 차지하고 있을 때다.

"비키는 디자인을 정말 잘하는 거 같아."

영송 마틴과 사업 파트너가 된지 1년만에 듣게 된 칭찬이다.

이벤트 공간 디자인은 컨셉이 주어지면 그 공간을 채울 모든 요소 하나하나를 컨셉에 맞게 채워나가는 작업이다.

와일드플라워 린넨 코리아 첫해 영송 마틴은 한국에 정말 자주 오셨다. 그녀의 손을 거치면 어떤 공간이든 마법이 되었다. 공간의 조화를 먼저 생각했고 공간 안에 채워지는 모든 것들을 다 디테일하게 다가가게 했다. 꽃을 전문으로 하는 사람은 꽃이 전부겠지만 영송 마틴이나 나는 그냥 일부일 뿐이었다. 그건 순전히 관점의 차이였다. 전부가 아닌 일부라 생각하면 다른 요소들이 눈에 들어오기 시작한다. 조명, 가구, 향기, 여기에 음악까지 모두가 그 공간을 채우는 요소가 된다.

원래 호텔 비즈니스는 대기업들의 패밀리 비즈니스였다. 신라호텔, 워커힐호텔, 조선호텔, 롯데호텔 등 5성급 호텔의 플라워 장식은 거의 대부분 직영 시스템이다. 당시 신라호텔은 해외 플로리스트인 제프레섬을 데리고 와서 컨설팅을 받고 있었다. 롯데는 영송 마틴으로 맞불을 놓았다. 난 새로운 비즈니스 모델을 제안해 한국 지사를 런칭했고 미국 본사처럼 린넨 렌탈이 첫 비즈니스모델이었다. 하지만 렌탈 비즈니스는 생각보다 난관에 처해졌고 이벤트 디자인이 주업무가 되었다. 처음에는 린넨 브랜드를 가지고 들어가 콜라보하는 업체와 같이 일을 했다. 그렇게 되니 디자인은 우리가 다 하고 비용은 콜라보 업체에 다 주어야 했다. 결국 남는 게 없는 장사가 되었다.

예를 들면 웨딩 이벤트를 맡았는데 견적이 800만 원일 경우 각종 비용을 지불하고 나면 우리가 렌탈로 얻어갈 수 있는 수익이 거의 제로가 되었다. 이러다 보니 한국에서는 토탈 이벤트 프로덕션으로 가야 한다는 판단이 섰다. 그래서 한국 지사 런칭 1년만에 토탈 이벤트 프로덕션으로 사업 방향이 재정립이 되었다.

비키정이라는 이름의 탄생 비화

> "내 본명은 정미희다.
>
> 그 이름이 미국 스타벅스에서 비키정이 되었고
>
> 지금은 내 몸에 맞는 옷이 되었다."

사람들이 내 이름 비키정을 들으면 외국에서 살다 왔느냐고 묻는다. 그러나 나는 철저하게 한국인이다. 영송 마틴도 한국인의 피가 흐르지만, 그녀는 20세에 미국으로 이민을 갔고 국적도 미국인이니 외국인으로 인정하지만 나는 그렇지 않다. 토종 한국인인 내가 어떻게 하여 비키정이라는 이름을 갖게 되었을까.

영송 마틴과 사업 MOU를 맺고 트레이닝을 받기 위해 LA로

향했다. 북창동 순두부찌개를 먹고 스타벅스에 갔다. 주문받는 종업원이 이름을 물었고 "미희"라고 대답하자 한국 이름이 생소했던 흑인 직원은 연거푸 3번을 물었다. 잠시 후 내 이름을 부르는 듯하여 음료를 픽업하러 가니 컵에 VIKI라고 적혀 있었다. 미희가 "VIKI"로 된 날이다.

영송 마틴 대표가 VIKI를 보더니 미국 본사와 사업을 할 때는 영어 이름이 필요한데 마침 내가 영어 이름이 없으니, VIKI를 내 영어 이름으로 하라고 했다. 그 후 이름표기로는 Vicky로 사용하여 Vicky로 정정되었고 Vicky는 승리의 여신인 빅토리아 여신을 줄인 이름으로 반드시 승리할 수 있다는 메시지를 받은 듯하여 마음이 벅차올랐었다. 내 이름 비키정은 그렇게 탄생되었다.

영송 마틴은 비키정으로 내 영어 이름을 정하고 이렇게 덧붙인다.
"이제 당신은 한국 이름 쓰지 말고 이 이름만 쓰세요. 이 이름을 브랜드화하세요. 명함에도 한국 이름은 넣지 말고 비키정으로 넣으세요."

그 이후로 부모님이 지어 주신 정미희는 과거가 되고 비키정이 내 이름이 되었다. 나의 인생 브랜드가 태어났다.

"와일드플라워 린넨 코리아 대표 비키정"
내 나이 36살이었다.

그날 이후로 내 이름은 비키정이 되었다. 비키정만 계속 쓰다 보니 한국 이름이 어색할 정도가 되었다. 이제 비키정이 내게 맞는 옷이 된 것이다. 친구들도 주변 사람들도 다 비키정으로 편하게 부른다. 10년 동안 비키정이라는 이름으로 살았다. 일에 몰입하며 더 좋은 디자인을 만들기 위해, 고객이 원하는 더 높은 가치를 만들기 위해 밤을 세웠던 날들이 비키정이라는 브랜드를 키웠다. 영송 마틴이 그 이름으로 세계적 브랜드가 되고 그 분야의 최고가 되었듯이 나는 비키정이라는 이름으로 그 길을 따라갈 것이다.

인연, 그리고 더해진 인연

> "사람들은 비키정에 대한 정보가 없지만
>
> 영송 마틴의 한국지사라서
>
> 나를 더 대단히 보는 것 같았다."

영송 마틴과 인연이 되니 내가 평소에 만날 수 없는 사람들과도 자연스럽게 인연을 맺게 되었다. 이래서 인연의 힘이 무서운 모양이다. 나름 지렛대 효과라고 할까. 영송 마틴은 한국지사에 도움이 될 법한 주변의 좋은 사람들을 소개시켜 주었고 지금의 소중한 인연들로 남게 되었다. 그때 만나서 베프(베스트 프렌드)가 된 사람이 패션 디자이너인 맥&로건이다.

영송 마틴은 한국 지사가 런칭된 후 국내 사업을 열정적으로 진행시켰다. 런칭 첫해부터 부산국제영화제, 서울패션위크, SBS 연말 시상식 등 굵직굵직한 행사에 공간 장식을 맡았다. 와일드 플라워 린넨 한국지사로 진행하게 된 첫 행사. 부산국제영화제 기간의 모 엔터테인먼트 파티. 블랙스완이라는 컨셉으로 공간을 채워야 했는데 호텔 볼룸에서 점심에 결혼식이 있던 터라 우리에게 주어진 시간은 4시간뿐이었다.

홀 전체를 블랙 패브릭으로 커버해야했고 천장에서 수많은 블랙 리본들을 떨어뜨려야 했다.

그 일 이후 맥&로건 패션쇼장 공간 연출도 맡게 되었다. 이번에는 아마존 컨셉이었다. 처음부터 맡게 된 프로젝트들이 워낙 크다 보니 프로젝트 하나하나가 히말라야 산을 넘는 기분이었다. 사실 나는 이제 막 일을 시작하는 햇병아리일 뿐이었다. 사람들도 이 사람이 어디서 무슨 일을 한 사람인지 궁금해할 정도로 세상에 드러나 있는 게 아무것도 없었다. 나에 대한 자료가 아무것도 없는 상태였다.

그나마 나를 지탱하는 것은 영송 마틴의 브랜드 파워였다. 잘나가고 유명한 영송 마틴의 한국 지사이니 사람들은 당연히 여기도 잘할 것으로 생각했다. 나는 속으로는 엄청 불안했지만, 사람들의 그런 시선을 인정하며 더 당당해지려고 했다. 그리고 실제로 그런 시선이 당연시 되도록 더 열심히, 더 치열하게 작품을 준비하고 일에 매달렸다. 그런 의미에서 부산국제영화제와 맥&로건의 서울 패션쇼는 나를 세상에 알리는 최고의 레퍼런스가 되었다. 특히 부산국제영화제의 경우는 꽃을 하나도 사용하지 않고 블랙스완 형태의 콘셉트에 맞추어 디자인하고 연출했다. 영송 마틴이 내게 전수한 것처럼 부족하면 부족한 대로 다른 소재를 잘 활용한 사례였다. 부산국제영화제는 시간이 아주 부족했다. 그래서 패브릭과 다른 소재를 적극 활용했다. 순간순간 공간에 어울리는 디자인이 떠올랐고 그걸 곧바로 적용했다.

부산국제영화제는 블랙스완 콘셉트로 영송 마틴에게도 좋은 평을 들었고 사람들의 평가가 너무 좋았다. 그리고 연달아 맥&로건 서울 패션쇼와 연말 SBS 연예대상 연기대상 행사장에 린넨 스타일의 플라워 장식을 적용했다. 메이저에서 내 능력이 통하는 것 같다는 느낌이 드니 자신감이 더 커지는 느낌이었다. 부족했던 내가 이런 식으로 조금씩 메이저 세계로 발을 들여놓는다는 생각이 들었다.

Ch. 3

공간, 나를 살린 일 ;
내 사업, 내 브랜드

나의 첫 웨딩 쇼케이스,
JW 메리어트 호텔

"호텔 웨딩 쇼케이스를 준비하면서

거의 잠도 못 자고 준비했다.

그렇게 와일드플라워 린넨 코리아 3년을 보냈다."

이벤트 공간 디자이너가 세상에 자기 실력을 보일 기회는 흔치 않다. 노래를 하는 사람처럼 오디션의 기회가 있는 것도 아니다. 그런 의미에서 나에게 호텔의 웨딩 쇼케이스는 절대 놓칠 수 없는 기회였다. 나는 어떻게 하든 내 실력을 세상에 알리고 싶었다.

세상 누구에게나 첫 번째는 참 중요하다. 나의 첫 번째 호텔 쇼케이스는 더욱 그러했다. 그 행사는 이름도 거창한 JW 메리어트 호텔의 웨딩 쇼케이스였고, 이것은 와일드플라워 린넨 코리아 이름으로 처음 참여한 호텔 쇼케이스 행사였다. 특히 웨딩 쇼케이스는 호텔을 대표하는 아주 큰 행사다. 나는 그 행사를 준비하면서 거의 두 달 동안 잠을 못 잤다. 직원들에게 뭘 시킬 수 있는 형편이 아니어서 거의 혼자 다 준비했다. 정말 잘 해내고 싶은 욕심으로 똘똘 뭉쳐있던 때였다. 영송 마틴의 이름에 누가 되지 않도록, 그리고 비키정이라는 이름을 세상 사람들에게 알리기 위해 그 당시 내가 가진 모든 것을 걸었다.

부산국제영화제도, SBS 연예대상도 나에게는 큰 산이었지만 JW 메리어트 호텔 웨딩 쇼케이스는 내 가슴이 진정이 안 될 정도로 큰 산이었다. 그 행사를 준비하는 모든 게 부담으로 다가왔다. 색다른 아이디어 준비도 부담이지만 행사를 준비하는 비용은 더 큰 부담이었다. 하지만 나는 그 와중에도 수익은 생각하지 않고 오로지 결과만 생각했다. 1천만 원을 받고 3천만 원을 썼다. 그때는 디자인 생각하는 것만으로도 벅찼다. 주어진 기회에 최선을 다해 최고의 결과물을 만들고 싶었고 그때 나에겐 비용이 중요하지 않았다. 내가 만들어낸 결과물이 영송 마틴이 만들어 놓은 업적에 누가 되게 하고 싶지 않았고 또, 한국에서의 와일드플라워 린넨 코리아를 제대로 보여주고 싶은 마음뿐이었다.

그 당시 내 구원의 동아줄은 영송 마틴과 인연을 맺을 때도 즐겨 찾던 핀터레스트라는 사이트였다. 그 사이트에 올라온 아이디어 사진을 하루에 거의 1천 컷 정도 봤다. 눈이 빠질 정도였다. 그 사진들을 보면서 아이디어 영감을 찾았다. 나중에는 거의 안 본 사진이 없을 정도였다. 그만큼 일에 몰입하던 때였다. 집안 살림은 여전히 어려웠고 직원들도 챙겨야 하는 상황인데 돈 계산은 제쳐 두고 아이디어 영감을 얻는 데 모든 것을 집중했다. 이 일이 성공한다고 하더라도 비키정의 브랜드 성공이 아니라 영송 마틴의 성공이 되는 것이었다. 그런데도 나는 나로 인해 영송 마틴 브랜드에 흠집이 생기지 않게 하고 싶었다. 그게 내가 할 수 있는 최선이었다. 영송 마틴이 미국에서 힘들게 일궈놓은 브랜드가 아닌가. 그걸 욕되게 하고 싶지 않았다. 그래서 더더욱 만족스러운 결과물을 만들기 위해 집중했던 것 같다.

두 달을 그렇게 일에 매달리다 보니 제일 괴로웠던 것이 수면부족이었다. 일은 해야 하는데 졸음이 쏟아졌다. 그래서 커피도 더 많이 마셨다. 내 실력을 세상에 알리기 위해 나를 혹사했던 시절이었다. 그런데 반포 메리어트 쇼케이스를 준비하던 그때만 그런 게 아니었다. 메리어트는 내가 고생한 만큼은 아니지만 나름 소기의 성과를 올렸다. 그 이후에도 나는 여전히 잠을 줄여 가며 일에 매달렸다. 어디서 그런 열정이 나왔는지 모른다. 그렇게 와일드플라워 린넨 코리아 일을 하면서 3년 동안 단 하루도 쉰 적이 없었다.

호텔 웨딩 쇼케이스는 밤을 새우며 세팅해야 한다. 호텔은 낮에 들어가서 일을 할 수 없다보니 자연스럽게 밤샘 작업을 했다. 남들 잘 시간에 우리는 뜬 눈으로 아이디어를 고민했다. 그러다 보니 잠깐 자면서 꿈을 꾸는데 그 꿈속에서도 아이디어 고민을 하고 있을 정도였다. 머리가 오프가 안 되고 계속 작동되고 있던 것이다. 꿈에서도 어떤 이미지가 내게 왔다가 사라지고는 했다. 그러다 보니 자도 잔 것 같지 않았다. 남자들이 군대에서 3년의 혹독한 시간을 보내듯 나에게 와일드플라워 린넨 코리아에서의 3년은 나 스스로를 용광로에 달군 혹독한 단련의 시간이었다. 그러나 그 시간도 나 스스로 자청한 일이었다. 나는 그때 그렇게 해야만 했다.

어떻게 52시간을
잠도 못 자고 일했을까?

"나는 52시간 동안 잠도 못 자고

일하던 때가 있었다.

그러다 보니 몸이 급속도로 안 좋아졌다."

　나는 누가 봐도 워커홀릭이었다. 한번 프로젝트에 빠져들면 누가 뜯어말려도 거기서 빠져나오지 못했다. 그러다 보니 내 몸이 망가져 가는 걸 전혀 눈치채지 못했다. 내 몸의 모든 세포가 아우성치며 신호를 보냈는데도 나는 깡그리 무시했다. 사람은 기본적으로 잠을 잘 자야 건강하다. 그런데 난 그 기본부터 잘못되었다. 이미 호텔 쇼케이스 준비를 위해 밤을 새우는 게 정상이라는 패턴 속에서 살았다. 건강이 안 좋아진 건 당연한 일이었다.

3년 동안 하루도 쉬지 않았고, 술을 마시게 되면 몸 안에서 해독하느라 쓰여지는 에너지가 아까워 술을 입에 대지도 않았다. 현장에서는 늘 밤샘으로 육체적 노동을 하고 밤에는 디자인을 생각하느라 정신이 늘 깨어 있었고 그렇게 휴식 없이 3년이라는 시간을 보내고 나니 지쳐왔다. 늘 머릿속에 디자인을 생각하느라 정신이 오프가 안되어 잠을 잘 수 없었고 피로는 누적 되어갔다.

하루에 2시간 자고 일만 했다. 심지어 52시간 동안 깨어서 일만 한 적도 있었다. 지금 그렇게 하라고 하면 절대 못 할 것 같다. 나와 같이 일을 하는 사람도 그때는 아주 힘들었을 것이다. 보통 밤을 새우면 다른 사람들은 아침에 잠깐 잠을 잔다. 그런데 나는 낮에도 남들과 똑같이 일을 했다. 아침엔 보통 사람들이 깨어 있는 만큼 거기에 맞게 해야 할 일들이 있었다. 매주 그렇게 잠이 부족한 상태로 일을 하니 살도 쪽쪽 빠지고 걸을 때도 좀비처럼 비몽사몽이었다. 잠깐 앉아서 쉴 때는 꾸벅꾸벅 졸 때도 있었다. 그게 당연한 생리적 현상인데 나는 그것조차 몰아내려고 애썼던 것 같다.

내가 해야 할 일은 거의 대부분이 행사 준비였다. 이벤트 공간 디자이너이니 그럴 수밖에 없다. 행사 시작 시간이 다가올수록 내 정신은 언제 그랬냐는 듯이 아주 말짱해졌다. 긴장도가 점점 올라가고 실수하면 안 된다는 생각에 몸이 굳어졌다. 이렇게 밤잠 못 자며 고생했는데 그 고생을 한순간에 날릴 수는 없지 않은가. 쉬더라도 일단 고생한 만큼의 결과물을 무사히 만들어 내고 쉬어야 했다. 행사가 진행될 때는 더 긴장되었다. 영송 마틴도 있고 귀빈들도 있는데 실수하면 안 되었다. 꽃이나 소품, 조명 어느 것 하나 문제가 생기지 않도록 눈에 불을 켜고 주시했다. 그렇게 해서 행사가 다 끝나면 가지고 있던 모든 기운이 한순간에 좍 빠져나갔다.

보통 사람은 그렇게 행사가 끝나면 며칠을 쉰다. 그런데 나는 곧바로 다음 프로젝트를 준비했다. 스스로에게 쉴 틈을 허락하지 않았다. 누가 봐도 과로였지만 그때 왜 그렇게 내 몸을 혹사했는지 지금 돌이켜 생각해보아도 이해가 되지 않는다. 그랬으니 내게 큰 병이 다가와도 대비를 할 수 없었을 것이다. 바깥일이 힘들면 집안일이라도 편해야 하는데 그 당시에는 안팎으로 나를 힘들게 하는 상황에 휩싸여 있었다. 그냥 1분 1초가 다 전쟁이었다. 지금 돌아보면 그 전쟁을 어떻게 온전한 정신으로 치렀는지 신기할 정도다. 집 밖에서도 전쟁, 집 안에서도 전쟁이었다. 잠시 에너지를 충전할 휴식처가 단 한 군데도 없었다.

단기 기억상실증에 걸리다

"지옥 같은 삶이었다.

나쁜 기억을 빨리 잊어야 했다.

그래서 단기 기억상실증이 생겼다."

나는 앞에서도 잠깐 얘기했듯이 럭셔리한 라이프를 살았던 사람이 아니다. 그런데 그런 삶을 살았던 사람처럼 행동해야 했고, 지속적으로 부족한 부분을 채워 나가야했다. 그것에 걸맞은 아웃풋을 보여주어야 했다. 사람들은 자신이 하는 일로 자신의 모습이 만들어지는 것 같다. 책과 관련된 일을 하는 사람은 왠지 지적인 풍모를 풍기고, 음악 미술 등 예술 관련 일을 하는 사람을 보면 얼굴에 그런 이미지가 보인다. 나 역시 럭셔리한 호텔 일을 하다 보니 그런 이미지가 서서히 내 이미지가 되어 갔다. 실제는 전혀 그런 사람이 아닌데 말이다.

밖에서 모든 에너지를 쏟고 집에 들어가는 길은 말 그대로 천근만근 몸이 너무 무거운 상태다. 보통은 집에서는 쉴 수 있고 편안한 나만의 공간이라는 생각이 들 텐데, 그 당시 나의 상황은 그런 평범한 것조차 부러움의 대상이었던 때였다. 집에 가면 나는 또 다른 전쟁을 치러야 했다. 그걸 생각하니 가뜩이나 탈진 상태인데 더 기운이 빠졌다. 그때 동탄이 집이었는데 가는 길에 기흥휴게소가 있었다. 나는 도저히 그 몸으로 집에 들어갈 수 없어서 휴게소에서 한 시간을 쉬었다. 그건 나에게 준 최고의 선물이었다. 그 시간 동안 음악을 듣거나 그냥 아무 생각 없이 눈을 붙였다.

비주얼적으로 결과물을 보여주는 일에만 모든 걸 쏟아붓다 보니 회사 운영이 엄청 힘들었다. 이윤이 남을 상황이 아니었다. 그렇게 밖에서 힘들게 일을 하고 녹초가 되어 집에 들어오면 왜 돈을 못 벌어 오느냐고 뭐라고 한다. 그러면 나는 또 휘청거리며 저항할 힘조차 상실하게 된다.

차마 구체적으로 밝히기 힘들지만, 그 당시 내 인생은 그냥 지옥이었다. 비키정의 겉만 봤던 사람은 설마하며 믿지 않겠지만 정말 그때는 죽고 싶을 만큼 지옥이었다. 그런데 바깥 사람들에게는 지옥의 삶을 티 낼 수 없었다. 그런 상황을 누군가에게 얘기할 수도 없었다. 하소연할 곳이 아무 데도 없었다. 죽고 싶었지만 죽을 수도 없는 상황이었다. 그러다 보니 독기가 생겼다. 이를 악물고 이 지옥 같은 상황을 반드시 탈출하고야 말겠다고 생각했다.

결국은 정신과 상담을 받았다. 나 스스로 이겨낼 수 없는 상황이었다. 그러다 병이 덜컥 왔다. 나도 모르는 병이 내게 찾아왔다. 내 안의 아픈 기억과 감정을 나 스스로 빨리 지워버리려 하고 있었다. 단기 기억상실증이라고 했다. 나쁜 기억은 빨리 잊어버리려는 부작용이 생겼다. 내가 살기 위해 그 감정을 빨리 잊으려고 했다. 그게 단기 기억상실증으로 이어질 거라곤 전혀 생각 못했다. 너무 힘든 생활을 나름 긍정적으로 버티려다 보니 생긴 병이었다. 하지만 내가 하는 일은 남들을 행복하게 하는 화려한 일이다 보니 이런 이야기를 그 누구에게도 할 수 없는 너무나 슬픈 현실이었다.

중국 가호그룹의 파격적인 제안,
그리고 코로나19

"중국 가호그룹에서 연봉 3억과

지분 5%를 주겠다고 했다.

그 파격적 제안이 코로나19로 다 취소되었다."

　　다행스럽게도 나의 비즈니스는 해마다 조금씩 희망고문처럼 좋아졌다. 지옥 같은 현실에서 탈출하는 유일한 방법은 결국 일이었다. 일이 안정되고 규모도 커졌다. 그러다 보니 사람을 한 명 더 써야 했다. 그런데 직원 한 명 더 쓰면 회사는 남는 게 없었다. 거래처는 늘어가고 일은 점점 많아지고 밤샘은 계속되었다. 돈을 좀 벌 것 같은 타이밍이 왔는데 현실은 팍팍했다. 사업가로서의 고민이 시작되는 시점이었다.

그 시점에 너무나 행복한 제안이 내게 들어왔다. 중국의 가장 큰 웨딩 기업인 가호그룹과 연결이 된 것이다. 내가 3년 동안 이 벤트 공간 디자이너로 활동하면서 자연스럽게 연결된 곳이었다. 가호그룹에서 주식 상장을 준비하고 있는데 다양한 디자인의 콘텐츠가 중요하고 그 콘텐츠를 기획하는 업무를 나에게 요청한 것이다. 가호그룹은 나에게 연봉 3억 원에 지분 5%를 주겠다고 했다. 너무나 파격적인 제안이었다. 늘 재정적으로 어렵게 회사 운영을 했던 나에게는 동아줄 같은 제안이었다. 1년 중 반년 정도 중국에 머무르면서 전반적인 콘텐츠 기획을 의뢰해 왔다. 가호그룹에서는 나에게 현지의 집도 마련해주겠다고 했다.

나는 회사에 부대표도 뽑아 놓고 중국을 왔다갔다 할 준비를 했다. 그 당시 우리 회사 정직원은 12명으로 늘어 있었다. 인건비를 감당하려면 회사 매출이 안정적이어야만 했다. 그 시점에 가호그룹이 연결된 것이다. 그런데 나는 그런 행운을 움켜쥘 운명이 아니었던가. 바로 그 시점에 중국에서 코로나가 터졌다. 2020년 1월 첫째 주에 중국으로부터 제안을 받고 계약하기 바로 직전이었는데 우한 코로나가 터진 것이다. 처음에는 그냥 짧게 끝날 것으로 생각했다. 중국에서 3월에 들어오라고 했는데 그러려면 2주를 격리해야 했다. 영상으로 어떻게 격리하는지 보여줬는데 오피스텔도 아니고 고시원에서 완전히 격리되어 배달 음식만 시켜

먹어야 했다. 상황을 지켜보자 하고선 4월로 미뤄놓았다. 그러나 코로나19 상황은 더 심각해졌고 결국 중국에 들어갈 수 없게 되었다. 연봉과 지분, 현지 주거지 등 모든 계약 조건은 자연스럽게 취소되었다.

내게는 이순신의 12척 배가 있는 게 아니라 12명의 직원이 있었다. 코비드가 지속되는 상황에서도 난 단 한명의 직원도 해고할 수 없었다. 어떻게든 그들과 함께하고 싶었다. 코비드가 지속됨에 따라 직원들의 급여는 나에게 엄청난 무게감으로 다가왔다. 이번달 급여를 주고나면 다음달 급여가 걱정되는 참 막막하고 절망적인, 말 그대로 추락을 거듭하는 최악의 상황이었다. 나는 늘 최선을 다했는데 세상은 왜 이런 고통을 줄까. 버티기 힘든 시간들이었다.

나는 이런 상황들을 경험하면서 사업의 예측 불가성을 뼈저리게 느꼈다. 그 불확실성을 뚫고 나가려면 나 스스로 예측 가능한 상황을 하나 둘 만들어야 했다. 사업가는 세상을 탓해서는 안된다. 코로나19는 나에게만 온 게 아니라 세상 사람들 모두에게 찾아온 아픔이다. 내가 지옥 같은 아픔을 뚫고 나왔듯이 내 사업도 이런 상황을 뚫고 나갈 것이라는 희망을 키웠다. 직원들이 불안하지 않게 대표 스스로 의연한 모습을 보여주어야 했다. 나는 원래 힘든 걸 내색하는 스타일이 아니라 그런 행동은 나에게 자연스러웠다. 너무 힘든 상황이었지만 직원들은 그렇게 힘들 것이라 생각 안 했을 것이다. 안전하게 급여도 들어갔으니 더 그랬을 것이다.

신은 열심히 일한 나에게
암을 선물하다

"코로나19로 회사는 추락하고

내 몸은 상피내암종 3기 판정을 받았다.

내 인생 가장 큰 시험대 중 하나였다."

금새 끝날 것 같았던 코로나는 장기화가 되었고 정신적 스트레스와 재정적 압박으로 지쳐갔다. 2021년 여름 코로나 1년이 훌쩍 넘은 시기에 나는 암진단을 받았다. 아직도 그날의 아침이 생생하다. 아침부터 햇살이 뜨거웠던 날, 진료실의 기운은 서늘했다. 걱정스레 무겁게 입을 떼는 원장님의 첫마디는 암보험 있으시죠? 였다. 그동안 잠도 못 자고 스트레스만 차곡차곡 쌓았던 결과가 바로 병이었다. 내 인생 가장 힘든 시기를 통과하면서 일로 써 모든 걸 이겨내려고 했다. 그동안 내가 해 온 것은 순간순간 최선을 다하며 열심히 일한 것밖에는 없었다. 아이들도 제대로 돌보지 못하고 정말 최선을 다해서 열심히 일했는데 나는 그 대가로 암을 선물 받았다. 무엇을 위해서 그토록 열심히 일해왔던 것일까? 7년간 최선과 열심의 대가는 암 외에 아무것도 없었다.

코로나19로 회사는 더 추락하고 직원들 급여 챙겨야 할 걱정을 하고 있던 그 시점에 엎친 데 덮친 격으로 보이스피싱까지 당했다. 정신을 어디 두어야 할지 모를 때다 보니 어느 것 하나 꼼꼼하게 살펴볼 겨를이 없었던 것 같다. 그냥 순진하게 믿었고 속수무책으로 당했다. 정말 안 좋은 것들이 떼로 몰려왔다. 바로 그런 상황에서 암이 내게로 온 것이다. 나는 상피내암종 3기 판정을 받았다. 내 몸을 어떻게 이렇게 방치했을까 후회가 들었지만 이미 상황은 돌이킬 수 없는 지경까지 갔다. 모든 걸 다 놓고 싶은 상황에서 다시 크게 숨을 쉬었다. 괜찮다! 괜찮다! 하루에도 수백 번 나 자신에게 했던 말이다. 2021년 8월 그 한 달 동안 싸이의 '기댈곳'이라는 노래만이 나를 위로해주었다. 죽을 만큼의 위기를 겨우 넘겼는데 나 스스로 다시 그 위기를 불러들였다. 다행히 수술은 잘 되었고 지금은 3개월에 한 번씩 암 검진을 정기적으로 받고 있다. 그런데 일에 미쳤던 내가 과연 그 일에서 벗어나 내 몸 관리를 잘할 수 있을까. 나는 또 다른 시험대에 올라섰다.

　체력적으로나, 경제적으로 너무 힘든 상황을 맞이하다 보니
더 이상 버티기 힘들 것 같다는 생각도 많이 들었고 진짜 죽어야
겠다는 생각도 너무 많이 했던 것 같다. 이벤트 공간 디자인이라
는 일은 나에게 구원의 동아줄이었지만 반대로 내 몸과 마음을
너무 힘들게 한 것도 사실이다. 늘 내가 맞이하는 상황이 힘들었
다. 집으로 가는 길에 운전하다가 핸들을 놓고 싶었던 적도 한두
번이 아니었다. 내가 이런 이야기를 하면 깜짝 놀라는 사람이 많
을 것이다. 나는 사람들에게 내가 힘든 걸 전혀 티 내지 않았다.
그냥 혼자서 모든 걸 감내했다. 그러다 보니 내 몸과 마음이 더
망가져 간 것이 아닌가 생각이 든다.

　사업을 처음 시작했던 2013년 첫해 매출이 5천만 원이었다.
쌓아 놓은 레퍼런스가 없다 보니 마케팅 활동도 나름 활발히 했
다. 내가 하는 프로젝트의 대부분은 국내 레퍼런스였고 거기에
주말 매출이 꽤 큰 비중을 차지했다. 우리 업의 특성상 토요일
일요일 매출이 대부분이었다. 사업이 진행되다 보니 이벤트가 열
리는 한 주의 매출이 5천만 원이 넘은 적도 있었다. 돌아보니 그
때가 가장 행복했던 시절이었던 것 같다. 일을 열심히 해서 매출
이 올라가는 게 보였으니 말이다. 사업으로 행복을 느끼던 시절

이었다.

　나는 나의 무너진 자존감을 일로 회복하려 했다. 내가 책임지고 끌고 가는 이 상황이 나를 행복하게 한다는 그 기분이 좋았다. 사업은 자전거 타는 것과 비슷하다고 한다. 처음에는 가끔 넘어지지만, 탄력을 받으면 휘파람을 불며 바람을 가르고 달린다. 나는 자전거를 타고 조금 답답했던 집 안에서 나와 사업의 세계를 향해 신나게 달렸다. 그렇게 달리는 기분이 너무 좋았다. 그 맛에 푹 빠져 있으니, 내 몸을 전혀 돌보지 않은 것이다.

영송 마틴과의 이별,
와일드디아로의 새 출발

"나는 영송 마틴과 재계약을 포기했다.

그리고 아트와 디자인을 접목한

와일드디아라는 내 브랜드를 만들었다."

영송 마틴은 한국인이었지만 일의 프로세스에 있어서는 미국 기업의 기준과 원칙을 적용했다. 한국 정서와 맞지 않다 보니 한국 기업들은 영송 마틴에 대해 호불호가 갈렸다. 하지만 영송 마틴의 작품은 과감했고 신선했다. 그 점이 매력적으로 비쳤다. 한국의 이벤트 업체들은 적당히 절제하면서 자기 스타일로 풀어가는 편이었다. 그런데 영송은 호텔에서도 좀 놀랄 정도로 과감한 디자인을 많이 시도했다. 그러다 보니 디자인의 판도를 뒤흔들고 이 업계에 많은 영향력을 끼쳤다. 나도 그렇고 영송 마틴도 그렇고 이 업에 대한 사명감으로 일을 했던 것 같다. 새로운 것을 도입하려는 시도를 많이 했고 그런 시도로 이 업계의 변화를 이끌어 가고자 했다.

영송 마틴과 나의 작업이 호텔 업계에서 서서히 인정받으면서 경쟁도 심해졌다. 어디나 그렇듯이 하나가 잘 되면 그걸 따라 하려는 업체들이 계속 생긴다. 그럼에도 호텔들은 우리 소문을 듣고 점점 연락을 하기 시작했다. 나의 레퍼런스도 나름 인정받을 만한 수준으로 쌓여 갔다. 영송 마틴이 굳이 손 안 대도 될 정도로 내 실력은 업계에서 조금씩 인정받기 시작했다. 이런 모습을 보고 영송 마틴이 어느 날 내게 이런 말을 한다.

"아시아는 비키정, 당신이 맡아."

나는 제주도 쪽 일을 하다가 중국과 연결되었는데 이때 뭔가 이상한 걸 느꼈다. 나와 별도로 영송 마틴이 중국과 계약을 추진하고 있었다.

"아시아는 저보고 맡으라고 하셔놓고 왜 따로 계약하시는 거예요?"

"아니, 중국이라는 나라가 얼마나 큰데. 중국은 성마다 다 라이센스 계약을 따로 할 거야."

이벤트 디자이너로 아시아의 최고가 되고 싶다는 꿈을 꾸며 열심히 달려왔던 나에겐 꿈이 꺾이는 순간이었다.

이때부터 영송 마틴과 마음이 조금 멀어지기 시작한 것 같다. 내 인생 가장 중요한 스승이지만 계약 조건의 변경은 솔직히 감당하기 힘들었다. 나는 영송 마틴과 3년 계약을 했고 그때가 재계약해야 할 시점이었다. 재계약을 해야 하나 말아야 하나 6개월 전부터 고민했다. 만약 재계약을 안 한다면 와일드플라워 린넨이라는 이름을 쓸 수가 없다.

한국에서는 영송 마틴은 알고 있었지만 와일드플라워 린넨은 알지 못했다.

한국지사를 런칭하고 나서 와일드플라워 린넨을 알리기 위해 마케팅 비용을 많이 썼다. 이제야 와일드플라워 린넨을 알려놓았는데 그 브랜드를 포기해야 하나? 그동안 사용된 비용은 10억에 가까운데 그 모든걸 포기해야 하는지 너무 많은 고민이 되었다.

결국 나는 영송 마틴과 헤어지기로 했다. 영송 마틴의 그늘에서 벗어나 내 사업을 하고 싶었다. 그렇다면 이름이 문제다. 와일드플라워 린넨이라는 이름을 안 쓰고 내 사업을 어떻게 지속할 것인가? 사실 와일드플라워 린넨 코리아라는 이름은 너무 길었다. 사람들은 자기들 편의대로 와일드플라워라고도 부르고 린넨 코리아라고도 불렀다. 각자 입에 붙는 대로 불렀다. 계약 조건상 계약 해지 후 '와일드플라워 린넨', '와일드플라워', '린넨 코리아'를 사용할 수 없는 조항이 있었다.

와일드플라워 린넨 코리아의 리브랜딩 이미지로 새로운 브랜드 네임이 필요했다.

6개월간의 고민 끝에 계약 조항에 명시되어 있지 않은 '와일드'에 나의 사업 방향성을 넣어 네이밍을 했다. 디자인과 아트 콜라보레이션!

나는 디자인과 아트 콜라보레이션을 지향하는 그룹을 만들고 싶었다. 그래서 새로운 내 사업의 네이밍을 〈와일드디아〉로 정했다. 이 이름으로 리브랜딩하고 내 사업을 알리려 했지만, 대대적으로 얘기하지는 않았다. 내 뒤에는 영송 마틴이 어떻게 하든 자리하고 있었다. 그리고 그 브랜드 파워를 군이 버릴 필요도 없었다. 그런데 어느 날 보니 호텔에서도 〈와일드디아〉로 자연스럽게 부르고 있었다. 그렇게 영송 마틴과 별개의 내 사업 브랜드가 탄생한 것이다. 뭔가 내 고생을 기특하게 생각해 하늘이 도와주는 것 아닌가 하는 생각도 조금은 들었다.

주변 사업가들로부터
배우며 성장하다

"나는 사업 고수들로부터 많은 걸 배웠다.

내가 더 큰 사업가가 되려면

고수들만의 8가지 공통점을 내 것으로 만들어 가야 한다."

〈와일드디아〉라는 브랜드로 내 사업을 하면서 내 눈에는 업계의 고수들이 더 많이 보였다. 사업을 하면 할수록 나는 햇병아리라는 생각이 강해졌다. 그렇다고 내 스타일을 접을 생각은 없었다. 내 스타일에 고수들의 노하우를 접목하고 싶었다. 나는 일하면서 틈틈이 어느 정도 사업에 성공한 사람들의 경영 방식들을 메모했다. 그들에겐 나름의 공통점들이 있었다. 그걸 내 것으로 만들고 싶었다. 간혹 골프를 치면서 듣는 조언도 내게는 큰 힘이 되었다. '아, 이래서 위기에도 흔들리지 않는구나.' 그들이 걸어간 길이 내게는 스승이었다. 그들은 어떤 내공과 장점을 가지고 있을까? 대략 8가지 정도로 요약되는 것 같다. 그걸 나 자신을 위한 회초리라 생각하고 정리해 본다.

첫째는 그냥 열심히만 일하는 사람이 아니라는 점이다. 나는 열심히 일하는 것이 최고라 생각했다. 그게 생존력이라 생각했다. 그런데 그렇게 열심히만 하면 언젠가는 지치게 된다. 열심이라는 단어의 뜻은 열熱 심心, 즉 마음에 열을 가하는 것이다. 이러면 심장이 피곤해진다. 그러면 어떻게 일해야 하는가. 일을 최대한 즐겨야 한다. 자기만의 방식으로 즐겨야 한다.

둘째는 디테일에 강하고 큰 위기에 무덤덤하다는 것이다. 나는 거꾸로였다. 큰 위기에 집중했고 디테일을 놓쳤다. 나는 고수들로부터 작은 일의 소중함을 배웠다.

셋째는 적은 돈은 아끼고 큰돈은 아낌없이 쓴다는 점이다. 그렇다고 큰돈을 낭비하는 게 아니라 투자한다는 점이다.

넷째는 비난이나 칭찬에 휘둘리지 않는다는 점이다. 사업을 하면서 일희일비해서는 안 된다. 눈앞에서 내 칭찬을 해도 나의 장단점은 그들보다 내가 더 잘 안다. 나를 비난한다고 상대를 적으로 만들 필요도 없다. 사업가는 대범한 사고로 세상의 편견을 넘어서야 한다.

다섯째, 고수들은 경쟁자를 적으로 생각하지 않고 동업자로 본다는 점이다. 내가 놓친 부분이 이런 부분이었다. 내 아이디어를 베껴서 내 힘을 빼는 사람들이라 나는 그냥 나쁜 감정으로 적이라 생각했다. 하지만 결국 나도 핀터레스트의 아이디어를 보고 응용하지 않았는가. 그들도 나름 그들 기준에서 최선을 다하는 것이다. 그렇게 나를 통해 나도 그들을 통해 업계의 수준을 높여 가면 되는 것이다. 그런 의미에서 경쟁자는 같이 성장해 가는 성장 동반자이다.

여섯 번째는 아는 척, 잘난 척을 하지 않는다. 이건 겸손의 문제다. 모르는 걸 아는 척하면 직원들도 멀어지고 업계 고수들은 이런 사람을 하수로 본다. 처음부터 하수로 낙인찍히면 그걸 회복하는 게 쉬운 일이 아니다.

일곱 번째는 싫은 티, 미운 티를 내지 않는다. 아니 오히려 더 좋아하는 척한다. 아는 척과 다른 얘기다. 이건 내가 잘하는 부분이다. 나는 직원들에게, 협력업체에 싫은 티를 잘 안 낸다. 이게 사업가에게는 중요한 장점이 된다는 점도 고수를 통해 알게 되었다.

마지막 여덟 번째는 휴일을 제대로 즐긴다는 점이다. 이건 내가 제일 못하는 부분이다. 밤낮으로 일만 해서는 큰 사업가가 될 수 없다. 나를 혹사해서는 더 큰 일을 만들어 낼 수 없다. 나는 이 여덟 번째에 뼈저린 반성을 했다.

사업가는 고민이 많고 외로운 사람이다. 그러나 그것도 자기가 원해서 하는 일이다. 원해서 가는 길이라면 즐겨야 하고 겸손해야 하고 자기 시간을 잘 통제해야 한다, 내가 나를 업그레이드해 더 큰 사업가가 되려면 이 8가지는 반드시 몸으로 체득해서 하나씩 실천해 가야 함을 느낀다.

Ch. 4

버티는 힘, 성장의 조건 ;
사업의 확장

최선을 다하다 보니
최고의 자리가 눈에 보이다

> "최선의 기준을 높이면
> 최고가 될 수 있다는 확신을 가졌다.
> 최선의 선물은 최고였다."

비즈니스는 내리막만 있는 게 아니라고 생각한다. 버티고 준비하다 보면 언젠가는 올라갈 날이 있을 것이라는 믿음이 있었다. 그냥 버티는 것이 아니라 나의 명확한 꿈을 늘 기억하고 그걸 이룰 수 있는 내공을 쌓았다. 2016년 후반부터 나는 내 비즈니스가 참 좋아지기 시작했다. 너무 힘든 시기에도 나는 조금 다른 생각을 했던 것 같다. 사업을 시작할 때부터 꿈이 달랐다. 돈을 벌어서 나만 행복한 게 아니라 직원들이 행복한 회사를 만들고 싶었다. 나만 잘 먹고 잘사는 게 아니라 나와 인연이 된 모두가 같이 잘 사는 회사를 만들고 싶었다. 엑시트 이후의 마지막 꿈이 자선사업가인 것도 그런 꿈과 이어진다고 할 수 있다. 나의 이런 꿈은 조금 힘들게 자란 환경 때문일 수도 있다.

나는 눈앞의 사업에만 집중하지 않았다. 내 사업의 플랫폼 자체를 키우고 싶었다. 세상을 위해 좋은 일을 하고 싶다는 그 꿈을 위해 여러 가지 많은 시도도 했다. 경기가 어렵고 사업이 힘들 때는 대부분 회사 인력을 줄이려 한다. 나는 오히려 반대의 길을 갔다. 회사를 조금 더 단단하게 시스템화하려고 인사팀장도 새로 뽑았다. 조금 더 퀄리티 있는 작업을 위해 일러스트 디자이너도 뽑았다. 그런데 예기치 못하게 현장에서 불만이 나왔다. 현장은 디자인에 대한 인식이 부족하던 때였다. 자기들은 현장에서 고생하는데 왜 쟤네들은 책상에 앉아 편하게 일하느냐는 말이 나오던 때였다.

처음에는 현장에서 일하는 사람들 위주로 일을 하다가 점차 업무의 디테일을 위해 조직의 틀을 키워갔고 그 조직에 맞는 인력을 충원했다. 내가 해야 할 일을 일부 맡아서 할 직원도 뽑고, 중국 쪽 마케팅을 진행할 직원도 뽑았다. 그런 변화를 현장에서 일하는 직원들은 전혀 이해 못 했다. 자기들은 맨날 현장에서 밤을 새우는데 책상에 앉아서 편하게 일한다는 1차원적인 생각에만 머물렀다. 모든 걸 자기 위주로만 보니 생기는 문제였다. 나도 사업가가 되다 보니 기존에 내가 하던 일만 계속 붙잡고 있을 수 없었다. 소위 말해 사장의 시간, 대표의 시간이 내게도 필요한 시점이 온 것이다. 회사 대표로서 사람도 만나야 하고, 영업도 해야 한다. 그렇게 내 활동 범위가 넓어지면 내가 아이디어 굴릴 시간을 직원이 대신해줘야 한다. 나는 주어진 일에 정말 최선을 다했다. 현장 일은 현장 일대로, 영업이나 디자인 관련 일도 밤에 시간을 아껴 일을 했다.

나는 출발부터 목표가 조금 달랐다. 무조건 최고를 먼저 추구하지 않았다. 최고보다는 최선이 더 중요했다. 최선을 다하지 않고 최고가 될 수 없다고 생각했다. 일을 처음 시작할 때도 그랬다. 디자인 작업물도 내가 만든 것에 만족하지 않았다. 스스로 자문하는 버릇이 생겼다. '이게 너의 최선이야?'라고 나 자신에게 물었을 때 3초 안에 예스라는 답이 안 나오면 다시 했다. 보완하고 고치는 게 아니라 아예 처음부터 다시 했다. 최선을 다하지 못했다는 반성을 하면서 이를 악물었다. 잠을 못 자서 늘 탈진 상태였지만 그 와중에도 다시 했다. 하루하루 피곤의 연속이었지만 최고의 결과를 만들기 위해 집중했다.

그런 삶이 2, 3년간 지속되었다. 피곤했지만 의욕이 점점 타올랐다. 이 분야에서 최고가 되고 싶다는 생각이 점점 자랐다. 다만 처음부터 최고를 욕심내지 않았다. 최선을 목표로 한 걸음 한 걸음 앞으로 나갔다. 그리고 내가 생각하는 최선의 기준을 조금씩 높였다. 최선의 기준을 높이면 분명 최고가 될 수 있다는 확신을 가졌다. 최고는 최선이 만드는 선물이었다.

나는 국내 업체를
경쟁자로 생각하지 않았다

"나는 조금 아팠기 때문에

더 높은 자리에 올라설 것이다.

단단한 사명감으로 업계의 국가대표가 될 것이다."

나는 이벤트 공간 디자이너로서 대한민국의 국가대표가 되고 싶었다. 작은 일을 하든 큰일을 하든 나는 분명한 목표를 갖고 산다. 작은 일을 이루고 나면 그다음 일에 대한 의욕도 생긴다. 나는 공간 디자이너 일을 하면서 국내 업체들을 경쟁자라고 생각한 적이 없다. 이건 오만함의 차원이 아니다. 그냥 가는 방향이 다르다고만 생각했다. 내가 해외에서 공부한 그 감각이 지금 국내에서 시행되고 있는 방향과는 분명 달랐다. 국내의 경쟁업체

들도 그들의 길이 있고, 나는 나대로 가야 할 길이 있다고 생각했다. 국내의 잘하는 업체들도 꼭 배우고 따라가고 싶은 면이 있었지만 나는 마치 예술가들의 고집처럼 나만의 길을 고집했던 것 같다.

우리 회사가 처음 런칭했을 때 비슷한 사람들끼리 무언가를 스타일링 페어 해보자는 제안이 있었다. 그러나 나는 그들의 시선과 다른 방향을 바라보고 있었다. 가진 것도 없고 잘나가는 업체도 아닌데 어디서 그런 자신감이 나왔는지 모른다. 나의 시선은 오로지 세계에 가 있었다. LA에서 배워온 그 감각을 가지고 다시 LA 그 이상의 세계를 놀라게 하고 싶었다. 영송 마틴이 내게 아시아를 맡아달라고 했지만, 나는 아시아를 넘어 더 큰 세계를 보았다. 영송 마틴이라는 큰 산이 내 시야를 키운 것 같다. 짧은 시간 동안 압축해서 큰 산을 많이 넘었다. 그러다 보니 내 눈높이도 에베레스트 수준으로 올라갔다. 그 정도가 아닌 걸 아는데 눈높이만 높아진 것이다. 나는 자신의 기준을 높였다. 업계의 국가대표가 되고 싶었고 그걸 위해서 더 노력해야 하는 것도 잘 알았다. 그래서 무슨 일을 하든 꾸준히 나를 갈고닦아 경쟁에서 이기고 나의 세계를 구축하고 싶었다.

업계의 국가대표라는 자리에 올라선다는 것은 단순한 1위 자리를 의미하지 않는다. 책임 의식, 사명감이 필요한 자리다. 그래서 늘 연구하고 새로운 것을 찾았던 것 같다. 올해의 트렌드는 무엇일지 촉을 세우고 자료를 뒤졌다. 누가 인정하는지 안 하는지를 돌아볼 겨를도 없이 그냥 내가 가는 길이 올바른 길이라는 생각으로 내 일에만 집중했다. 그러나 사람들은 그런 나를 예의주시하고 있었다. 그게 의식이 안 될 수가 없었다. 그러다 보니 내 이름을 걸고 하는 쇼케이스는 늘 부담이 되었지만 새로운 것을 보여주려는 설렘이 더 좋았던 것 같다. 그리고 내가 잘하면 경쟁자도 같이 퀄리티가 올라와서 서로 더 좋은 것을 만드는 구도가 생길 것이라는 경쟁의 선순환도 생각했다.

나는 아무리 내적으로, 개인적으로 힘든 상황이어도 밖으로 절대 티를 내지 않는다. 같이 일하는 사람들에게 그리고 나에게 일을 준 사람들에게 내 아픔과 상처를 보여줄 필요는 없다. 그래서는 오히려 그들에게 민폐가 될 수 있다. 비즈니스로 나를 아는 사람들은 내가 겪었던 내적 고통을 전혀 상상 못 한다. 업계의 국가대표가 되겠다고 호기롭게 선언하며 겉모습은 당당하게 비키정이라는 브랜드를 키우고 있는 사람에게 그런 아픔이 있는 것을 생각하게 할 필요도 없고 알려줄 필요도 없다. 그러나 책을 쓰다보니 자연스럽게 나오는 나의 고백이고 그 아픔과 상처가 또 나를 더 높은 세계로 올려줄 것이라는 판단이 들기 때문에 조심스

레 밝히고 이야기한다.

　　누구나 업계의 국가대표가 될 수 있다. 태어날 때부터 특출난 재능을 가져서 별 어려움 없이 No.1의 자리에 올라선 사람이라면 엄청난 은총을 받은 것이다. 나는 어떨까? 지금의 나는 죽을 정도의 밑바닥에서 올라온 힘 덕분이다. 극도의 피로, 괴로움, 고통을 한 계단씩 딛고 이 자리에 올라섰다. '정말 나 못 견디겠어요'라고 비명을 지르며 정말 죽고 싶다는 생각을 한 적도 있다. 내가 아직 누구나 인정하는 정상의 자리에 서 있지 않지만, 산 중턱쯤에서 땀을 닦으며 '나 이렇게 열심히 잘 살아왔네' 하며 되돌아보는 정도는 해도 되지 않을까, 생각이 든다. 비키정이라는 브랜드에 나 스스로 흠집을 낼 필요는 없지만 적어도 사람이 살면서 이 정도의 고통과 아픔은 있었다고 말할 수는 있지 않을까. 나는 조금 많이 아팠기 때문에 조금 더 높은 자리로 올라설 것이다. 그리고 그 자리에 대한 사명감 역시 내 아픔, 내 고통에서 다져진 단단한 것임을 이 글을 쓰면서 내 마음 깊은 곳에 새겨 넣는다.

더 많이 투자해서 더 좋은 걸 보여주자

"나는 그냥 앞으로만 달렸다

투자만 생각했지, 관리를 못했다.

잠시 나의 오류를 보니 다시 갈 길이 보였다."

세상은 투자 없이 더 큰 것을 얻을 수 없다. 웨딩 쇼케이스를 해도 내가 하고 싶은 디자인이 있으면 그 한 번의 행사를 위해서 비용을 생각하지 않고 투자한다. 다른 사람들 같으면 호텔에서 1,500만 원짜리 일을 준다면 그걸 다 쓰는 게 아니라 어떻게든 남기려 할 것이다. 그러나 나는 그 비용 다 쓰는 걸 넘어서 3천만 원, 4천만 원까지도 쓴다. 더 많이 투자해서라도 새로운 것을 보여주고 싶기 때문이다. 그래야 의뢰한 고객 입장에서도 만족과 감동을 할 수 있다고 생각한다. 자신들은 1,500만 원에 일을 부탁했는데 완성된 작품을 보면 거의 5천만 원 수준의 퀄리티가 나온다. 이렇게 되면 고객은 그냥 고객이 아니라 우리 회사의 열혈 영업사원이 된다. 회사는 재정적으로 힘들어지지만, 오히려 고객들은 좋아한다. 그러면서 호텔 쪽 행사에 서서히 인정받고 자리를 잡아갔다. 이 방법은 내 나름의 영업이었다

브랜드는 신뢰를 기반으로 한다. 비키정이라는 브랜드는 믿고 일을 맡기면 감동과 만족을 준다는 믿음과 신뢰를 구축했다. 그렇게 조금씩 조금씩 내 브랜드를 키워갔는데 일에 집중하다 보니 내 몸이 보내는 신호를 무시했고 코로나의 험한 파도를 넘으면서 수술을 받았다. 2021년에 수술 후 회복이 제대로 안 된 상태에서 다시 일을 했다. 다시 과로의 늪에 빠져들었다. 몸을 돌보지 않고 일을 해서 생긴 병인데 다시 몸을 막 굴리려 한 것이다. 잠을 거의 못 자면서 일을 하다 생긴 병을 겨우 추슬렀는데 일을 할 수밖에 없었다. 새로 오픈하는 호텔마다 우리를 찾았다. 찾아준다는 것만으로도 너무 감사한 일이라 그냥 달려갈 수밖에 없었다.

그렇게 10월 한 달 동안 잠도 못 자고 일을 정말 많이 했던 것 같다. 그런데 수익을 계산해 보니 전혀 남는 게 없었다. 세금을 다 내고 나니 오히려 마이너스였다. 그냥 파산 상태였다. 정말 목

숨을 걸고 일했는데 이러다 죽는 건 아닌지 다시 위기를 느꼈다. 바로 그때 내가 무엇을 위해 일을 했었나, 하는 회의가 들기 시작했다. 일이 많으면 나도 힘들지만, 직원들도 힘들다. 내가 현명하지 못하면 직원들도 힘들어진다. 무조건 일만 보며 앞으로 나갈 수는 없는 노릇이었다. 이제는 비즈니스적 감각이 필요했다. 남 좋은 일만 시키는 게 아니라 우리에게 좋은 일, 우리에게 수익이 돌아오는 비즈니스를 해야 했다. 우리 일은 보통 밤을 새운다. 그러다 보니 직원들 관리도 큰일 중의 하나다. 한 프로젝트가 끝나면 내 체력도 바닥이 나지만 우리 직원들 체력도 바닥이 된다. 난 대표로서 그것도 다 케어해야 했다.

어느 날 가만히 사무실에 앉아 차분하게 생각했다. 어떻게 해야 나도 좋고 직원들도 좋은 방향으로 갈 것인가. 그 방향을 잘 잡으려면 일단 지금의 잘못을 바로잡아야 한다. 지금 내가 무엇을 잘못하고 있는 걸까. 너무 투자만 생각하고, 너무 퀄리티만 생각해서 우리 이익은 전혀 돌보지 않은 것이다. 일만 혹사하고 관리를 못한 것이다. 내가 대표로서 앞으로 전진만 하다 보니 나에게 충고하거나 잔소리를 할 사람도 없다. 내가 더 좋은 퀄리티를 위해서, 혹은 더 좋은 시스템을 만들기 위해서 사람을 뽑으면 왜 저렇게 사람을 많이 뽑는지 수군대기만 하고 그 방향성은 오로지 나만 생각하고 있었다. 내 고민을 직원들과 전혀 공유하지 못

한 것이다. 차분히 생각해 보니 여러 가지 잘못이 드러났다.

회사를 운영하다 보면 프로젝트의 퀄리티를 높이기 위해 투자하는 비용 이외에 내부 관리비도 만만치 않게 든다. 특히 직원들은 물론 현장 스태프들에게 들어가는 인건비도 상당히 높다. 그걸 세밀하게 관리했어야 하는데 그걸 못하니 어디서 돈이 새는지 정확하게 파악이 안 되었다. 비즈니스는 전진만 있는 게 아니라 후진도 필요하고 관리도 필요한데 나는 그동안 하나만 생각했던 것이다. 역시 사람에게는 생각의 시간이 필요하다. 특히 사장은 자신의 비즈니스를 돌아보는 고민의 시간이 필요하다. 나는 그때 잠시 내 비즈니스를 돌아본 그 생각의 순간이 내 비즈니스의 또 하나의 터닝포인트가 되었음을 정말 고맙게 생각하고 있다. 역시 사람은 일만 해서는 안 된다. 잠깐의 쉼표는 분명 더 높은 곳으로 도약할 수 있는 힘을 준다는 걸 나는 그때 어렴풋이 깨닫게 되었다.

시스템을 확 바꾸고 브랜드를 더 키우다

"시스템을 바꾸고 나서

업무의 효율도 높아지고 시간도 여유로워졌다.

플랫폼 비즈니스로 엑시트도 눈에 보이기 시작했다."

시간이 지날수록 일은 점점 많아졌다. 나는 더 이상 예전에 일하던 패턴으로는 다가오는 일들을 온전히 해낼 수 없을 것 같았다. 나도 행복하고 직원도 행복해지려면 뭔가 시스템을 바꿔야 했다. 고민끝에 팀장을 점장 시스템으로 전환했다. 나름 파격적인 결정이었다. 모든 일을 내가 혼자 다 맡아서 하려니 너무 힘들고 빈틈이 많이 생겼다. 그래서 역할 분담을 시켰다. 팀장을 점장으로 해 소사장 역할을 주었다. 그게 내 사업이 플랫폼으로 가는 첫걸음이었다. 점장들에게 호텔을 하나씩 배정하고, 코스트 관리, 인력관리 등 담당 호텔에서의 실무 관리에 대한 책임을 맡겼다. 연봉제에서 성과급제로 전환했다. 이렇게 되면 사업도 키우고, 관리도 잘 되고 팀장들도 자신의 역할에 맞게 성장할 수가 있다.

2022년 1월부터 그 시스템을 도입해서 가동하고 있다. 직원들도 점장들도 너무 만족스러워한다. 그리고 나 역시 시간을 좀 벌어서 정말 오랜만에 한가함을 느낀다. 이 시스템 이전에는 주말마다 밤을 새워서 직원들도 팀장들도 나에게 징징댔는데 이제는 그런 일도 싹 사라졌다. 아마도 내가 이 일을 시작하면서 가장 잘한 일 중 하나가 아닐까 싶다. 이 시스템의 장점은 관리도 편하고 세밀하다는 점이다. 영업이익도 심플하게 계산이 나온다. 어느 팀에 무엇이 문제고 어느 팀에 무엇이 필요한지도 한눈에 보인다. 시스템이 바뀌니 사업하는 재미도 더 생기는 것 같았다. 본사에는 여전히 남아 있는 직원이 있다. 그들은 브랜드 전략팀이 되어서 비키정이라는 브랜드를 관리하고 새로운 비즈니스를 준비한다.

시스템이 바뀌었다고 현장을 무시할 수는 없다. 정말 중요한 쇼케이스가 있으면 나는 다시 예전처럼 현장에서 밤을 새우며 디자인을 고민하고 디렉팅을 한다. 그러나 예전보다 복잡한 일에

덜 신경 쓰니 아이디어에 집중하는 게 더 편하다. 나는 진짜 하고 싶은 디자인에 더 집중할 시간을 벌었다. 현장에서의 시간이 줄어드니 유튜브 활동도 하면서 내 브랜드를 다양하게 홍보하고 알릴 수 있는 일도 하게 되었다. 그전에는 꿈도 못 꾸었던 일을 아주 여유롭게 하게 되었다. 이게 바로 시스템의 힘이었다. 최근에 나는 공중파 방송에도 출연했다. 나에게는 정말 엄청난 일이다. 공중파 방송은 비키정이라는 브랜드를 엄청나게 키울 수 있는 아주 좋은 계기였다.

어떤 사람들은 나의 플랫폼 시스템을 보고 엑시트로 가는 전 단계라고 얘기한다. 나는 사실 거기까지는 생각하지 못했지만 그렇다고 한다면 더 집중해서 그 길을 가볼 것이다. 나도 언젠가는 은퇴할 날이 올 것이다. 그런데 그냥 밀려나는 은퇴가 아니라 내 사업을 직원들, 점장들과 함께 정점에 올려놓고 자선도 하고 기부도 하는 엑시트의 은퇴를 할 것이다. 목표가 분명하면 더 빨리 이룬다고 했으니, 나의 목표는 더 빨리 내게 현실로 다가올 것이다.

시스템을 구축한 후 점장들 출퇴근도 자유로워졌다. 호텔 웨딩 프로젝트가 떨어지면 예전에는 도장 깨기처럼 다 돌아다녀야 해서 늘 힘들었다. 그런데 이제는 그 시간적인 한계, 물리적인 한계에서 벗어나 자기네들이 맡은 호텔만 하면 된다. 담당한 호텔에 행사가 있을 때는 조금 바쁘지만, 행사가 없을 때는 시간의 여유가 생긴다. 30~40명이 여러 곳을 다 맡아 돌아다닐 때보다 7~8명이 한 팀이 되어 각각의 호텔을 맡고 있는 지금이 업무도 효율적이고 시간적인 여유도 생긴 것이다. 이렇게 되니 인건비도 줄어들게 되었고 나도 점장도 수익이 남았다. 어떤 점장은 월 1,000만 원, 어떤 점장은 월 1,500만 원을 가져간다. 자기네들 수익이 눈에 보이니 더 열심히 일한다. 버려지고 새나가는 돈도 더이상 없다. 운영비도 팀장이 잘못하면 그 팀이 책임을 진다. 호텔하나씩 맡아서 하다 보니 결과물의 퀄리티와 디테일 수준도 높아졌다. 본사는 마케팅과 브랜드 파워를 높이는 일만 신경 쓰면되었고, 새로운 사업의 런칭도 서서히 준비할 수 있는 여유가 생겼다.

후배들이 같은 사업을 하는
동지로 보인다

"나는 와일드디아를 이벤트 공간 디자인 업계의

사관학교로 만들고 싶다. 좋은 인재들을 키워서

독립적인 사업가로 키우고 싶다"

　　나는 내 뒤를 따라오는 사람들에게 나처럼 하라고 얘기하지 않는다. 내 방식을 고집한다는 건 꼰대나 다름없다. 다만 나의 고통, 나의 실수가 반복되지 않았으면 하는 바람은 있다. 그것이 이 책을 읽는 독자분들, 나와 같은 일을 하려는 후배들에게 내가 할 수 있는 최소한의 역할이 아닐까. 나의 비즈니스는 서른여섯에 시작되었다. 짧은 시간에 압축해서 참 많은 일을 했다. 잠을 아껴가면서 일했다. 몸이 부서지는 것도 모르고 일을 했다. 그러다 보니 남들보다 몇 걸음 앞설 수 있었다. 그러나 내 후배들에게 나처럼 하라고 말하지는 못할 것 같다.

이제 나도 후배를 키울 자리에 섰나 보다. 뒤뚱거리는 후배들의 모습이 눈에 들어온다. 나보다 더 열정적으로 일을 하는 점장들을 보면 마음이 뿌듯하다. 전에 점장들에게 이런 이야기를 한 적이 있다. 와일드디아 출신 점장들이 서울에 있는 모든 호텔의 플라워 장으로 들어가면 너무 좋을 것 같다고. 그리고 업계에서 와일드디아 출신이라고 하면 누구나 다 인정을 해 준다면 나로서는 그 이상 바랄 것이 없을 것 같다. 나는 후배들에게 나의 실패를 솔직하게 이야기한다. 그래야 그들이 같은 실수를 하지 않을 테니까. 점장들에게 회사 운영을 맡겼다. 그들만의 회사를 운영하게 했다. 그게 플랫폼 비즈니스의 시작이었다. 그렇게 나름 독립적인 역할을 주었더니 다른 세계가 열렸다. 투자, 마케팅, 세일즈, 영업, 관리 등이 한눈에 들어온다.

점장들이 나에게 말한다. "대표님 덕분에 사업에 눈을 떴어요. 아주 큰 도움을 받았습니다. 이제는 대표님의 고민이 이해될 것 같습니다." 이런 말을 들으니 이제 그들이 직원이 아니라 같은 업종을 걸어가는 동지로 보인다. 직원에서 몇 계단을 점프한 느낌이다. 자리가 사람을 만든다는 게 그런 의미인가 보다. 지금은 우리 후배들, 우리 직원들이 나와 비슷한 길을 걸어가고 있다. 이제는 내 속에 있는 이야기를 해도 서로 끄덕일 수 있을 것 같다. 같은 레벨에서 하는 이야기다 보니 동질감도 쉽게 느낀다. 이들이 어느 시점에서 어떤 아픔, 어떤 고민을 할지도 눈에 보이고 한 번이라도 더 따뜻한 이야기를 건네주고 싶다. 나는 와일드디아를 이벤트 공간 디자인 업계의 사관학교로 만들고 싶다. 좋은 인재들을 키워서 독립적인 사업가로 키우고 싶다. 물론 이들이 성장하면 나와 직접적인 경쟁을 할 수도 있다. 그러나 그런 경쟁은 나도 성장시키고 우리 후배들도 성장하게 하는 아주 유익한 경쟁이다.

나는 우리 후배들과 함께 우리 업계에 대한 인식도 바꿔 놓고 싶다. 한국 사람들은 이벤트 공간 디자이너라고 하면 조금 시선을 아래로 보는 경향이 있다. 이벤트라는 단어 때문인 것 같다. 한국 사람들은 이벤트를 풍선 달고 레크리에이션 하는 정도로 가볍게 인식한다. 그러나 미국이나 유럽 사람들은 이벤트 디자이너를 굉장히 럭셔리한 일을 하는 전문가로 본다. 그 차이가 엄청나다. 아무래도 서구 사람들의 파티 문화가 그 차이를 만들었을 것이다. 우리는 이 인식의 차이를 좁히는 노력이 필요하다. 그 일을 나와 우리 후배들이 해나갈 것이다. 우리나라에는 VIP 파티나 럭셔리 웨딩을 맡아 플래닝하고 디자인까지 완벽하게 마무리하는 직업이 거의 없었다. 이제 나 비키정과 와일드디아 팀장들이 그 일을 한 걸음씩 한 걸음씩 해내고 있다. 그 걸음이 우리 직업을 바라보는 인식의 차이를 없앨 것이라 자신한다.

세상의 인식을 바꾸는 일은 쉬운 일이 아니다. 그러나 누군가는 그 일을 해야 한다. '아, 우리나라에도 저렇게 멋진 일, 저렇게 귀한 일을 하는 전문가들이 있구나.' 하는 인식을 심어주어야 한다. 그냥 호텔에 맡기는 웨딩이 아니라, 뭔가 컨셉이 있고 독특하며 의뢰인에게 만족 그 이상의 가치를 심어주는 이벤트 플래너들이 많이 나와야 한다. 우리 와일드디아 후배들이 그 출발점이 될 것이라고 나는 믿어 의심치 않는다.

대한민국 제1호 이벤트 공간 디자이너, 비키정

> "내가 꾸민 공간을 보고 감동을 하는 사람들을 보면
> 나는 더 깊은 감동을 받는다.
> 나는 그런 감동, 그런 공감을 위해 일을 한다."

사실 우리나라에는 이벤트 디자이너와 공간 디자이너라는 말이 없다. 그런 개념 자체가 없다. 그리고 이벤트 디자이너라고 하면 사람들은 흔히 이벤트만 생각한다. 디자이너보다 이벤트에만 방점을 둔다. 나는 이 인식의 틀을 바꾸고 싶었다. 그래서 명함에도 그렇고 나를 소개할 때마다 이벤트 공간 디자이너라는 걸 강조했다. 이렇게 해야 뭔가 전문적인 사람으로 보이고 새로운 직업에 대한 호기심도 끌어올릴 수 있다. 어떤 분야든 포지셔닝이 중

요하다. 내가 어느 자리를 먼저 차지하고 있느냐가 그 사람의 향후 비즈니스를 좌우한다. 나는 내 자리를 대한민국 제1호 이벤트 공간 디자이너로 정했다. 그렇게 우리나라에 없는 직업을 선점하고자 했다.

내가 하는 일을 보면 이벤트 디자인도 있고, 공간 디자인도 있고, 파티 디자인도 있다. 우리는 이 모든 것을 다하는 종합 디자이너들이다. 어느 한 분야만 국한된 게 아니다. 그래서 이벤트 공간 디자이너라고 해도 이벤트나 공간, 디자이너라는 단어로 축소할 필요가 없다. 다만 세상 사람들이 우리를 무엇으로 규정할 것인지 고민하다 보니 이벤트 공간 디자이너가 가장 어필이 되는 포지셔닝 같아 보였다. 사실 파티 디자인을 한다고 하지만 엄밀히 말하면 그 영역은 우리 영역이 아니다. 파티 디자인은 연출까지 다 하는데 우리는 공간 디자인만 할 뿐 연출은 못한다. 파티 디자인은 이벤트 공간 디자인의 전체를 봤을 때 일부분이다. 행사의 컨셉을 잡고 플랜을 짜고 기획하는 그 정도가 파티 디자인이다. 거기서 더 나아가 이벤트 공간의 전체 컨셉을 잡고 디자인하는 것이 우리가 할 일이다.

플랜테리어라는 것도 있다. 플랜테리어는 식물을 의미하는 플랜트Plant와 인테리어를 합성한 이름이다. 식물로 실내 공간을 꾸며 그 공간에 머무는 사람에게 심신의 안정을 주는 것이다. 이 말은 이미 우리나라에도 많이 상용화되어 있다. 그래서 나는 그 자리에 나를 넣지 않는다. 남이 선점한 자리에 비집고 들어갈 생각이 없다. 오로지 나만의 컨셉, 나만의 포지셔닝을 구축하고 싶다. 그게 바로 이벤트 공간 디자이너다. 나는 늘 공간은 공감이라고 얘기한다. 공감되지 않는 공간은 죽은 공간이다. 나는 내 아이디어로 공간에 공감을 불어넣어 생기있게 만든다. 나 같은 경우 웨딩 이벤트를 많이 하는데 결혼생활이 녹록지 않은 내 경험을 살려 이 공간에서 멋진 출발, 멋진 추억을 만드는 신랑 신부에게는 그들 서로에게 공감이 되고 감동이 되는 이벤트 공간 디자인을 하려고 한다. 그들은 이 감동적인 공간에서의 특별한 체험으로 함께 인생을 걸어가는데 큰 에너지를 받게 될 것이다. 나 역시 그들을 축복하며 나처럼 거칠고 힘든 결혼생활을 하지 않고 서로 위로하며 잘 살기를 바란다.

신랑·신부는 우리 결혼식 때 받은 감동을 다시 살려 열심히 잘살자며 서로 두 손 꼭 잡고 앞으로 나아갈 것이다. 나는 축하하러 온 하객들에게도 그 어디서도 만나기 힘든 특별한 경험을 주고 싶었다. 귀한 시간을 내서 온 분들에게 초대한 분들이나 초대받은 분들 모두 만족 그 이상을 돌려주고 싶은 것이 내 솔직한 마음이다. 내가 꾸민 공간을 보고 감동을 하는 사람들을 보면 나도 감동한다. 작업을 할 때도 나는 내가 감동하지 않으면 진도를 나가지 못한다. 내가 와! 하는 감탄사가 안 나오는데 남을 어떻게 감동시킬 수 있는가. 나는 나의 모든 작품을 만들 때 감동과 공감에 철저하게 초점을 맞춘다. 그러다 보니 다른 잡생각을 할 겨를이 없다. 온전히 나의 일에 몰입할 수 있는 에너지는 바로 그 공감에서 나오는 것이다.

Ch. 5

디자인, 치유의 언어 ;
사업의 목표

큰 고비를 넘으니 새로운 필드가 보인다

"나는 어려울 때도 한숨만 쉬지 않았다.

나는 주저앉지 않았다.

돌파구를 찾았고 새로운 길을 만들었다."

고난은 사람을 강하게 하는 것 같다. 고난을 딛고 일어선 내 모습이 예전과 분명 다름을 느낀다. 나는 이제 예전과 다른 시선으로 다양한 플랫폼 사업을 준비하고 있다. 지금 하는 공간 디자인뿐만 아니라 전시 이벤트 때 필요한 음악과 공간을 색다른 분위기로 채우는 향 그리고 각종 그림으로 오감을 채우는 비즈니스로 사업을 확장하고자 했다. 이벤트에는 사람이 모인다. 오감 중에서 좋은 향은 같은 공간에 모여 있는 사람들에게 좋은 기분을 준다. 그래서 나는 또 향 비즈니스를 준비하고 있다. 조향사도 만났고 샘플 상품도 만들었다. 은방울꽃향 명품 향수로 런칭을 준비 중이다. 1년간 향수 패키지 제품을 만들어 바이럴 마케팅을 진행할 것이다. 단순히 우리 이벤트 공간에만 사용하는 것이 아니라 판매용으로 확대할 것이다. 그리고 향수보다는 디퓨저과 핸드크림으로 점점 상품화시켜 나갈 것이다. 은방울꽃향 명품 향수를 고급 이미지로 구축시키는 것이 중요하다.

시장을 살펴보니 핸드크림 시장도 의외로 크다는 걸 알았다. 잘만 준비하면 괜찮은 비즈니스 무대라는 생각이 든다. 카카오 선물하기 등을 통해 자연스럽게 소비자에게 스며들 수 있다. 그게 성공하면 바디크림 쪽으로도 확대해 나갈 것이다. 브랜드도 별도로 준비해서 검증하고 있다. 비즈니스의 자연스러운 확장, 그게 바로 나를 조금 더 자유롭게 만드는 플랫폼의 확장일 것이다.

그렇게 되면 사옥도 더 키워야 한다. 본사와 자회사가 같은 건물에서 일하게 된다. 1층의 자회사는 우리가 개발한 상품을 취급한다. 그 자회사 역시 상품이 판매되고 매출이 올라갈수록 점점 커질 것이다. 향 비즈니스는 그렇게 하나씩 준비해 나가고 있는데 그걸 나 혼자 알리기에는 무리가 있다. 그래서 요즘 사람들이 많이 보는 유튜브를 적극 활용할 생각도 있다. 유튜브 역시 단순한 홍보 매체로서가 아니라 새로운 사업 아이템을 적극 활용하려고 한다. 나름 내가 기획한 사업 아이템 관련 콘텐츠를 2년 동안 준비한 후 세상에 내놓으려고 한다. 길게 보면서 꼼꼼하게 준비해 나갈 생각이다. 코로나19가 막연했던 내 사업 확장에 관한 생각을 더 구체화해 주었다. 바람이 거칠면 그만큼 그것에 대한 대비도 더 빨라질 수밖에 없는 것이다.

인생의 큰 고비, 사업의 큰 고비를 넘으니 이제까지 내가 몰랐던 새로운 필드들이 막 보이기 시작한다. 코로나 기간 나는 10억의 마이너스를 보았다. 그러나 그 기간을 별도로 대출받지도 않고 잘 버티었다. 직원들도 어떻게 버티었는지 신기해한다. 직원이 12명인데 이들을 관리하는 데 드는 비용도 만만치 않다. 한 달 이익이 아니라 매출이 2천만 원일 때도 있었는데 그런 수익으로는 도저히 회사 운영조차 힘들다. 인건비와 다른 프로젝트 준비 비용, 플라워 비용 등을 감안하면 한숨이 나올 수밖에 없는 상황이다. 그러나 나는 한숨만 쉬지 않았다. 나는 고통 앞에서 주저앉는 사람이 아니다. 뭐라도 했고 어떻게든 상황을 벗어나려고 애를 썼다. 그렇게 해서 작년 한 해 동안 마이너스를 메꿨다. 그리고 이제 회복이 되었으니, 그동안의 조금 낮은 단계의 제 비즈니스 시스템을 바꾸려 하는 것이다. 뭔가 체계가 잡히는 것 같고 어떻게 하면 매출을 올리고 이익도 더 높일 수 있는지 방법도 보이기 시작했다. 그렇게 해서 2023년 10월에는 한 달 동안 10억의 매출을 올렸다. 나에게는 정말 기적 같은 일이었고 이젠 새로운 사업을 꿈꿀 수 있는 상황도 만들게 되었다.

방송 활동으로 비키정이라는
브랜드 파워를 키우다

"나에게는 참 많은 터닝포인트들이 있었고

그중에 KBS의 〈사장님 귀는 당나귀 귀〉라는

프로그램도 당당히 자리 잡게 된다."

2022년부터 홍보 담당 직원이 비키정이라는 브랜드를 퍼스널 브랜딩해야 한다며 무언가를 계속 시도했다. 그중 하나가 방송활동이었다. 그 직원은 방송 쪽으로 컨택을 계속 시도했다. 연예인과 웨딩은 방송 컨셉과 잘 맞아떨어졌고, 사람들의 관심을 끌 만했던 것 같다. 그렇게 해서 KBS의 〈사장님 귀는 당나귀 귀〉와 연결이 되었다.

사실 나는 KBS 전에 2022년 SBS의 〈오마이웨딩〉에 출연했었다. 그런데 이 프로그램은 솔직한 얘기로 시청률이 그렇게 높지 않았다 보니 내 브랜드를 알리기에는 어느 정도 한계가 있었다. 〈오마이웨딩〉에서 섭외가 들어왔지만 좋은 취지의 프로그램이어서 제작비를 스폰했다. 재료비부터 부산, 광주를 오가는 모든 비용을 자체 부담했다. 물론 재료비로 200만원을 주겠다 했다. 그러나 그 비용으로는 우리 제작비에 티도 안 나는 금액이다. 그래서 그냥 모든 걸 우리가 후원하겠다고 했다. 그 대신 방송에 제대로 나가게만 해달라고 했다.

그 프로그램에서 연예인들을 많이 만났다. 유세윤, 유병재, 유진, 봉태규 등이 집단 MC를 봤다. 그들이 메인인 프로그램이다 보니 나는 그냥 잠깐 스쳐 지나가는 서포터에 불과했다. 나는 프로그램에서 한국인 차종원과 우크라이나-러시아 혼혈인 마리아의 국제 커플의 웨딩 플래너를 맡았다. 배를 타고 로맨틱하게 꾸며 주는 컨셉으로 신랑, 신부는 그 배를 타고 입장을 했다. 나는 그 프로그램이 그저 연예인들과의 인연 그 이상의 의미는 없었다고 생각하고 있다. 공중파 방송에 처음 출연했다는 그 정도로만 의미를 둔다. 비키정이라는 브랜드가 알려질 수 있는 프로그램이 아니었다.

그런데 KBS의 〈임금님 귀는 당나귀 귀〉는 차원이 좀 달랐다. 사장 컨셉이다 보니 내가 메인이 될 수 있었고 사장 갑질이라는 진상 소리를 듣기는 했지만 내가 일에 임하는 자세, 철학을 보여줄 좋은 기회였다. 그때 만난 고객이 서인영 씨다. 그 프로그램에서 서인영 씨는 의외로 깐깐하고 까다로운 진상 고객으로 나온다. 물론 프로그램상의 연출이기는 하지만 어느 정도 진심도 깔려 있다. 그때 서인영 씨의 요구사항은 이러했다. 색감 들어가는 꽃, 튀는 것, 정신없는 것, 신상 등이 싫다고 하면서 옛날에는 신상을 좋아했는데, 최고의 신상은 클래식이라는 생각이 든다고 했다.

서인영 씨는 내가 제시한 시안들을 다 거절했다. 나는 당황스럽고 난감했지만 어떻게든 그녀의 마음에 드는 작품을 만들고 싶었다. 그렇게 해서 제안한 컨셉이 영화 '트와일라잇'의 '천장에 등나무꽃이 매달린' 모습이었다. 이 컨셉은 영송 마틴과 같이 일할 때 그 회사에서 진행했던 컨셉이었다. 컨셉은 좋은데 문제는 웨딩 현장에 그 꽃을 매달 구조물이 없었다. 그러나 내 사전에 안 되는 것은 없다는 각오로 진행했고 결국 서인영 씨를 만족시켰다. 직원들에게도 되게 하는 게 우리 능력이라고 닦달했다. 그 당시 직원들이 고생을 참 많이 했는데 이 자리를 빌려 미안하고 감사하다는 말을 전한다.

서인영 씨의 웨딩 컨셉을 완성하기 위해 비용이 1억 정도 들었다. 그 컨셉의 기본 비용이 1억이었고 출발은 1,200만 원부터 했다. 그런데 그 정도 금액으로는 도저히 그 결과를 만들어 낼수 없었다. 방송에서는 이걸 준비하는 과정만 보여달라고 했다. 그런데 나는 그럴 수가 없었다. 기왕 하는 거 제대로 하고 싶었다. 서인영 씨는 1억 정도를 생각했는데 나는 그걸 1,200만 원 받고 해주겠다고 했다. 그렇게 해서 OK가 되었다. 서인영 씨 입장에서는 엄청나게 파격적이었다. 그러나 나도 이 프로그램을 통해 비키정이라는 브랜드를 알리는 홍보 효과를 충분히 거둘 수 있으리라는 계산이 섰다. 예상대로 방송의 반응은 뜨거웠고 비키정은 세상 사람들에게 제대로 알려졌다.

나는 비용적인 측면에서 분명 손해를 본 것이지만 대외적으로 나를 홍보하는 효과는 그 비용 10배 이상을 거두었다고 생각한다. 나는 그 방송을 통해 웨딩 이벤트 업계에 확고하게 내 브랜드를 안착시킬 수 있었다. 그리고 요즘 대세인 유튜브 방송도 할수 있게 되었다. 사람들은 이렇게 어느 순간 터닝포인트가 되는 중요한 기회를 맞이한다. 나에게는 참 많은 터닝포인트가 있었고 그중에 KBS의 〈사장님 귀는 당나귀 귀〉라는 프로그램도 당당히 자리 잡게 된다.

내가 하는 일이 누군가를
치유하고 행복하게 할 수 있다는 사실

> "나는 공간을 단순히 예쁘게 하는 것이 아닌
>
> 공간 안의 사람들에게 감동을 주는
>
> 무언가를 담고 싶다."

나는 스트레스를 받으면 몸에서 과민반응이 나온다. 그전에는 일에만 집중하다 보니 그 신호를 느끼지 못했는데 이제는 차마 무시할 수 없는 지경까지 왔다. 약간만 스트레스를 받아도 온몸이 경직된다. 이제는 내 몸을 달래면서 살아야 한다. 그렇지 않으면 지금까지의 모든 노력이 헛수고로 돌아갈 수 있다. 무엇을 위해서 이렇게 살아왔는지 내 몸이 망가진 이후 바보 같은 후회는 하고 싶지 않다.

어느 봄날, 양재천을 걸었다. 두통이 너무 심해서 출근하다 말고 그 길을 잠시 걸었다. 한가롭게 걷는 사람들이 눈에 들어온다. 그 여유가 참 부러웠다. 그리고 꽃으로 일을 하는 사람이 그제야 너무나도 아름답게 핀 벚꽃을 발견했다. 아, 주변에 이렇게 아름다운 풍경들이 있었는데 그동안 너무 무시하고 살았다는 걸 깨달았다. 그 깨달음이 온 순간 내 속에 막혀 있는 무언가가 확 뚫렸다. 바로 이게 치유의 효과였다. 어떤 감동의 순간이 사람의 몸까지 치유한다는 게 바로 이것, 테라피다. 이 치유의 테라피는 몸속에 엔돌핀보다 몇천 배나 좋은 다이돌핀을 생산한다. 다이돌핀은 감동할 때 몸 안에서 나오는 것이다. 인생에 감동과 감탄이 많아야 다이돌핀이 생성된다. 나는 양재천의 벚꽃을 본 그 감동만으로도 엄청난 다이돌핀을 선물 받았다.

지금까지는 하나의 공간에서 하나의 작품을 만드는 데만 집중했다. 그러나 이제는 공간의 작품이 누군가를 치유해 준다는 걸 잘 안다. 그래서 이제는 내가 만드는 모든 작품과 모든 비즈니스의 방향을, 사람들을 감동하게 하고 치유하는 쪽으로 잡으려 한다. 오로지 이윤만 생각하는 비즈니스의 틀을 깨고 사람들에게 조금 더 도움이 되는 큰 가치를 세우고 싶다. 이 일은 나의 치유 경험에서 나온다. 내가 치유하고 다이돌핀을 선물 받은 그 감동으로 행복 치유사가 되고 싶다. 공간에 감동을 주려고 더 노력

해서 이 공간을 보러 온 사람들이 '와!'하는 느낌을 받고 무언가 치유와 행복을 느낄 수 있었으면 좋겠다. 나는 공간을 단순히 예쁘게 하는 것이 아닌 공간 안에 사람들에게 감동을 주는 무언가를 담고 싶다. 그게 앞으로의 내 비즈니스의 목표이고 철학이다. 사람은 치유의 경험을 통해 살아갈 힘을 얻는다. 그리고 내 작품, 내 비즈니스를 통해 감동을 한 사람들을 보면 나 역시 감동이 두 배로 커진다.

선생님이 제자를 가르칠 때 제자가 성장하는 모습을 보면 감동한다. 우리도 마찬가지다. 우리 작품, 우리 공간 속에서 추억을 만드는 사람들이 각자 감동을 받고 자기 삶 속에서 행복을 느낀다면 그것만큼 나 자신을 보람되게 하고 감동을 주는 일은 없을 것이다. 예전에는 내 작품을 보며 만족하고 오로지 나 혼자만 희열을 느꼈다. 앞으로는 내 작품과 공감하는 사람들의 감동을 통해 희열을 느낄 것이다. 공간은 정답이 정해져 있지 않다. 공간의 예술은 스며드는 빛에 따라, 꽃의 위치에 따라. 이 공간에서 숨 쉬는 사람들의 성향과 생각에 따라 여러 가지 모습으로 모양을 바꾼다. 그러나 한 가지 공통된 것은 결국 공간을 품는 것은 사람이고 사람을 담는 것도 공간이라는 것이다. 공간은 사람의 삶과 연결되어 있다. 그 삶이 행복했으면 하는 게 이벤트 공간 디자이너로서의 바람이자 새로운 신념이다.

늘 독특한 컨셉을 고민하는 즐거움

> "창의적이고 독특한 컨셉에서
>
> 즐겁고 행복한 기운이 샘솟는다.
>
> 늘 아이디어가 내 일상이다."

내가 하는 일의 특성상 나는 남들과 다른 무엇을 추구한다. 다른 사람의 작품을 봐도 뭔가 독특함이 보이면 그냥 빠져들곤 한다. 디자인을 전공하지 않은 나는 초창기때는 핀터레스트에 푹 빠져있었고 요즘은 아티스트의 작품들에서 영감을 얻는다. 서울 패션위크 기간 내가 좋아하는 디자이너에게서 미국 1920~30년대 금주령 하에 몰래 술을 팔던 스피키지 바speakeasy bar의 컨셉으로 쇼장 디자인을 의뢰받았다. 금주령은 억압이다. 스피키지 바는 억압의 상황에서 욕망을 분출시키는 통로다. 억압과 욕망. 어떻게 표현할까를 두고 일주일간 거의 잠을 못이룬 채 계속 고민을 했다. 인간의 욕망을 붉은색으로 표현한다면 억압은? 붉은색에 맞설 가장 강렬한 색상으로 검정색을 표현하기로 하고 붉은색은 에콰도르에서 직수입한 붉은 장미로, 그 외의 나머지 거친 나뭇가지들은 블랙으로 표현했다. 결국 억압 속에서 튀어나온 빨간색, 욕망, 열정, 희망을 잘 표현해냈고, 쇼는 성공적이었다.

나는 내가 감동한 좋은 컨셉은 어떻든 활용하려고 한다. 부산국제영화제에서는 꽃 한 송이도 쓰지 않고 공간을 표현했다. 그땐 억압의 상징인 검은색을 블랙 스완으로 살렸다. 천장에 블랙 리본, 블랙 비터도 달았다. 그렇게 좀 독특한 표현을 하는 순간이 내 인생의 행복이었다. 나는 요즘 일에서 조금씩 손을 놓고는 있지만 여전히 일에서 행복을 찾는 사람이기도 하다. 창의적이고 독특한 컨셉에서는 즐겁고 행복한 기운이 샘솟는다. 나는 늘 새로운 컨셉을 고민하면서 산다. 아마존 컨셉을 시연할 때는 조명 연출도 색다르게 고민해서 노란색 업라이팅을 했다. 중국에서는 빨간색 조명으로 중국 컨셉에 맞췄다. 중국 프로젝트는 시간에 쫓기면서도 아이디어를 치열하게 고민했다. 자정에 작업을 시작해서 다음 날 아침 9시에 완전히 다 바꿔 놓아야 했다.

아이디어가 떠오를 때면 나는 간단하게 스케치한다. 머릿속에 있는 아이디어는 핀터레스트를 보며 구체화한다. 그리고 평소마케팅이나 브랜딩, 스토리텔링에 관심이 많아 아이디어에 스토리를 입히려고 노력한다. 그냥 밋밋하게 나열된 컨셉이 아닌 뭔가근거가 있고 이야기가 있는 컨셉을 만들려고 한다. 2022년에 쇼케이스를 할 때는 모네 컨셉을 시도했다. 평소에 모네를 좋아했는데 모네의 지베르니 정원에서 뭔가 영감이 떠올라 중국의 미디어 전시에서 활용했다. 설렘을 컨셉으로 한 웨딩 쇼케이스에서는남자가 여자를 처음 만났을 때의 두근거림, 설렘으로부터 결혼까지 이어지는 과정을 스토리텔링으로 풀었다.

나는 공간을 디자인할 때 컬러감을 중요시한다. 같은 컨셉을표현하더라도 컬러에 따라 전혀 다른 느낌을 줄 수 있다. 그리고디자인 컨셉은 일단 작업을 의뢰받으면 그 순간부터 고민을 시작한다. 그런데 그 고민은 평소에 이걸 할까 저걸 할까, 하는 숱한고민의 시간이 축적된 결과로 나타난다. 평소에 언젠가 써먹어야지 하며 스크랩한 것들도 활용한다. 늘 독특한 아이디어를 고민하는 게 습관이 되었다.

요즘은 조금 달라진 것 같다. 디자인 작업을 위한 아이디어고민보다는 사업에 대한 고민을 더 많이 한다. 사업도 어차피 디자인이라 생각하고 접근한다. 뭔가 다른 생각, 다른 접근을 하려고 한다. 사업도 하나만 생각하는 게 아니라 여러 방향으로의 확장성을 고민한다. 디자인 컨셉을 고민하면서 쌓인 유연한 생각들이 사업에도 참 많이 도움이 되는 것 같다. 그래서 사업을 위한 영감이 떠오르면 디자인 아이디어 스케치하듯이 메모하게 된다.

세상에는 예쁜 꽃,
안 예쁜 꽃이 따로 없다

"꽃은 각각이 다 의미가 있다.

컬러도 마찬가지다.

내 컨셉에 맞느냐, 안 맞느냐가 중요할 뿐이다."

2023년은 회사 창립 10주년이었다. 2022년부터 10주년을 기점으로 도약해야 한다는 생각을 많이 했다. 뭔가 내 속에서 꿈틀거리는 게 있었다. 스케일이 달라지는 느낌이었다. 지금까지와 뭔가 다른 비즈니스가 세상 밖으로 나오려 했다. 그 기운을 어떻게 잘 살려서 나갈 것인지도 고민스러웠다. 에너지가 꿈틀거린다는 것은 언젠가는 그 에너지가 용암처럼 밖으로 분출된다는 전조라고 할 수 있다. 그동안 일을 하면서 축적된 에너지가 나를 다른 세계로 이끌고 있음을 느꼈다. 하지만 2023년과 2024년 두해를 넘겼고, 2025년 하반기에 새로운 도약을 준비중이다.

＼

나는 이벤트 공간 디자이너이지만 꽃과 관련된 일을 많이 한다. 꽃은 내 디자인 요소에 아주 중요한 부분을 차지한다. 꽃은 주로 양재동이나 강남고속버스터미널 꽃시장에서 구입한다. 전국에서 가장 좋은 꽃이 그곳에 다 모이기 때문에 질이 가장 좋다. 꽃시장을 다니면서 편견도 어느 정도 깨진 것 같다. 예쁜 꽃, 안 예쁜 꽃이 있는 게 아니라, 컨셉에 맞는 꽃과 안 맞는 꽃이 있을 뿐이다. 내 컨셉을 표현할 때 적합한 꽃을 찾는 데 집중한다. 꽃은 각각이 다 의미가 있기 때문에 내 공간 디자인에 어울리는 게 가장 중요하다.

꽃을 보면 이건 어떤 느낌, 어떤 감정을 표현할지가 보인다. 사람도 마찬가지다. 못생기고 능력 없어 보이지만 어딘가 써먹을 수 있는 사람이라는 희망은 다 가지고 있다. 세상 사람들은 누구나 존재 그 자체가 하나하나 다 의미가 있는 것이다. 나는 컬러에 대한 편견도 시간이 지나면서 깨졌다. 꽃은 얼마나 다양한 컬러를 가졌는가. 안 예쁜 꽃이 없듯이 안 예쁜 컬러도 없는 것이다. 이벤트 공간 디자이너 일을 하던 초창기에 패션 아트 하시는 교수님이 신랑이었는데 나에게 딱 두 가지 오더를 주었다. 유니크하고 아방가르드한 결혼식을 만들어 달라는 것이었다. 완전 파격적인 주문이었다. 2주의 시간이 나에게 주어졌다. 고민 끝에 그 공간을 아이의 동심으로 만들어 보자는 생각이 들었다. 그래서 그 공간에 들어왔을 때 아이의 마음을 담고자 했다. 아이의 마음에는 알록달록하고 예쁜 꿈들이 많지 않은가. 컨셉에 맞춰 굉장히 유니크하게 알록달록한 시도를 했고, 만족을 끌어냈다.

내가 늘 아이디어에 목말라 있듯이 우리 후배들도 아이디어를 많이 냈으면 좋겠는데 그 점에서는 좀 아쉬운 부분이 있다. 일은 잘하지만 조금 독특한 아이디어를 열정적으로 고민했으면 하는 생각이 든다. 우리의 일은 일을 잘하는 걸 넘어서 독특하게 잘해야 한다. 그래도 다행스럽게 생각하는 건 우리 점장들이 다꽃을 잘하는 친구들이다. 꽃은 잘하지만, 디자인은 조금 부족한 것 같다는 한계를 때론 느낀다. 그러나 언젠가는 그들도 내가 그랬듯이 그들만의 세계에서 훨씬 예쁜 꽃을 피울 것이라는 점만큼은 확신한다.

직원들은 아직 작품적인 측면에서 나에게 많이 의지하는 편이다. 내가 일에서 손을 못 놓는 것도 그런 기대가 어느 정도 작용할 것이다. 기대도 기대지만 아직 내 몸속에는 새로운 작품, 새로운 아이디어에 대한 열정이 죽지 않았다. 조금 더 색다른 디자인으로 세상을 놀라게 하고 싶은 마음이 늘 꿈틀거린다. 그 에너지가 나의 살아가는 힘이 아닐까 싶다. 그 에너지로 아픔도 잊으며 이 자리까지 온 것이 아닌지 생각해 본다.

호텔 쇼케이스 전문가가 되다

"호텔 쇼케이스를 많이 하다 보니

어느덧 쇼케이스 달인이 되었다.

이제는 일주일 내에도 쇼케이스를 준비할 수 있다."

호텔 쇼케이스는 솔직히 힘든 행사이다. 나는 그 행사를 한 해에 일곱 번 한 적도 있다. 쇼케이스를 많이 하다 보니 상황에 맞는 컨셉 패턴이 머릿속에 그려졌다. 그래서 원래대로라면 한 달 정도 걸릴 일이 내게는 일주일이면 충분할 정도가 되었다. 완전히 호텔 쇼케이스 분야의 전문가가 되었다. 쇼케이스의 달인이 되었고 쇼케이스 분야를 완전히 평정하다 보니 내가 호텔에 대략 이런 컨셉으로 진행할 것이라고 얘기하면 다 오케이 되었다. 호텔 쪽에 내 능력에 대한 믿음이 심어진 것이다.

　쇼케이스는 할 때마다 늘 새로운 것을 보여주어야 한다. 그만큼 비용도 꽤 많이 나간다. 보통 사람들은 쇼케이스 견적이 1천만 원이면 적어도 100만 원은 남기려고 노력할 것이다. 그런데 나는 천만 원 받으면 5천만 원을 쓴다. 새로운 디자인을 보여주려는 욕심 때문에 시안에 들어가는 모든 걸 직접 제작한다. 단순히 견적에 맞춰 끝내려는 게 아니라 내 실력을 제대로 보여주고 싶어서 그렇게 한다. 물론 준비하는 과정은 힘들다. 하지만 내가 가진 것을 다 쏟아내는 그 순간이 너무 재밌고, 그래서 투자한 비용이 하나도 아깝지 않다. 사실 내 실력을 보여줄 기회는 그리 흔치 않다. 기회를 잡았으니 나를 알리고 현장 실습도 한다고 생각하며 더 열과 성을 다한다. 그리하여 호텔 쪽에서 내 가치를 인정하면 그게 또 영업이 되는 것이다.

　호텔 쇼케이스는 그 호텔만 보는 게 아니다. 다른 호텔도 와서 그 쇼케이스를 보고 간다. 그러다 보니 그들 사이에서 나오는 이야기가 들린다. 내가 메리어트 리뉴얼 쇼케이스를 할 때는 3년 안에 이런 쇼케이스는 나올 수 없다는 극찬도 들었다. 그때는 데코레이션뿐만 아니라 모든 프로그램을 내가 다 기획하고 연출, 디렉팅하고 PD 역할까지 다했다. 메리어트라는 곳이 나름 대단

한 곳인데 그곳에서 내 실력을 인정받은 것이다. 내게는 엄청나게 감사한 일이다. 나는 쇼케이스 할 때 미국에 있는 DJ도 부르고 콘트라베이스 연주자도 초빙해 라이브쇼를 진행하듯이 한다. 폭포수, 분수 컨셉도 해보았다. 요즘은 그런 쇼케이스는 조금 부담스럽지만, 초기에 내 이름을 알리고자 할 때는 정말 물불 안 가리고 했다. 보여줄 건 다 보여주자는 마음으로 덤볐다.

나는 영감이 고갈되는 스타일은 아니다. 다만 예전에 비해 열정은 조금 떨어진 것 같다. 디자인에 대한 열정이 비즈니스에 대한 고민 탓에 많이 죽은 것 같다. 옛날처럼 핀터레스트에 들어가 눈에 불을 켜고 아이디어를 찾는 일은 거의 없다. 그러나 순간적으로 떠오르는 생각은 놓치지 않으려고 한다. 그 번뜩이는 생각은 그냥 나온 게 아니다. 내가 아이디어를 내기 위해 쏟았던 과거의 그 시간, 땀, 노력이 축적된 결과다. 나는 직감을 좋아한다. 그리고 현장의 연관성을 중시한다. 예전에 북한산 밑 우이동 파라스파라 호텔에서 쇼케이스를 할 때는 산책길, 오솔길 컨셉을 적용했다. 테이블 사이를 구불구불 오솔길처럼 만들었다. 내가 이일을 하면서 느끼는 것은 사람들은 독특한 것 하나에 꽂힌다는 사실이다. 화려한 것 여러 개를 나열한 것보다 독특한 것 하나만 기억한다. 그래서 나도 그 독특함에 승부를 건다. 화려하게 꾸민다고 해도 사람들이 정확하게 무슨 컨셉인지 기억할 수 있게 한다. 그 대표적인 것이 베르사유 궁전과 몬드리안에서 영감을 받은 모네의 정원 컨셉이었다.

공간은 감정이다. 뭔가 설렘이 담겨야 한다. 지금은 비록 비즈니스에 많이 집중하고 있지만 여전히 새로운 아이디어를 고민할 때면 내가 만든 공간에서 설렘을 느끼게 더 몰입한다. 지금 호텔 이벤트 공간 디자인의 흐름을 죽 살펴보면 내가 했던 작품을 다시 베리에이션하는 게 가끔 보인다. 그만큼 내 작품을 인정해 주었다는 생각에 보람을 느낄 때도 있다.

Ch. 6

관계,
나를 만들어준 사람들

늘 든든한 멘토, 김형진

　　어떤 사람을 만나느냐에 따라 그 사람의 인생 경로가 달라진
다는 걸 나는 너무 잘 안다. 내가 지금의 자리에 서기까지 참 험
한 파도를 뚫고 나왔지만 그게 온전히 나의 힘이 아니라는 것도
너무 잘 안다. 내 옆에는 늘 나를 지지하고 응원해 주는 사람이
있었다. 그런 사람 중 한 사람이 대학 선배인 김형진이다. 나는
사업적인 조언을 구할 때도, 비즈니스의 방향을 잡을 때도 이 선
배로부터 많은 도움을 받았다. 워낙 지혜롭고 똑똑한 선배라서
어디서든 자기 역할을 했고 지금은 대기업 회장님의 전략기획 그
룹장으로 일하고 있다.

　　김형진은 나의 대학교 1년 선배다. 그렇게 과격하지는 않았지

만, 학생운동도 같이 했다. 그 선배가 상과대 대표였을 때 나는 부대표였다. 내가 대학 다닐 당시 학생운동은 이념보다는 봉사활동 위주였다. 그래도 여러 가지 책을 읽게 하며 공부는 많이 시켰다. 아무것도 모르는 풋내기 시절 광주의 조선대 집회도 따라갔었다. 그 당시 선배들의 추천으로 이념 서적도 꽤 많이 읽었던 것으로 기억한다. 바로 그 풋내기 시절에 김형진 선배를 만났다. 그는 내 바로 위 선배로 사수였다. 그 선배와 내가 나름 상과대학 학생운동의 핵심이었다. 그때 학생운동을 같이 했던 사람들은 지금 정치권에서도 활동하고 있다. 국회의원 보좌관이 된 친구도 있다. 내가 만약 학생운동의 길을 계속 갔으면 나도 정치권에서 일을 했을까? 그러지는 않았을 것 같다. 잠시 세상을 변화시키고 싶은 마음만 들끓었을 뿐이다.

세상을 변화시키려는 마음은 컸지만, 그 선배들은 다들 너무 배고팠다. 그렇다고 우리 집이 풍요롭고 여유로운 건 절대 아니었다. 선배들은 본인들이 아르바이트해서 용돈을 벌었는데 그 용돈도 본인들을 위해 쓰는 게 아니라 조직운영을 위해 사용했다. 아르바이트를 조직을 위해 한 것이다. 나도 그 조직의 사업비를 벌기 위해 분식집에서 아르바이트했다. 학생회에 그 돈을 기부⑴하고 나는 일주일 용돈 5만 원을 받았다. 그 5만 원도 나를 위해 쓴 게 아니라 선배들 밥을 사줬다. 당시 내 선배들은 돈이 없어도 너무 없는 지지리 궁상들이었다.

　우리는 세상을 바꾼다는 마음으로 소록도 사회봉사도 적극적으로 했다. 그런데 그 사회봉사가 내게 큰 영향을 주었다. 바로 그때부터 자선사업을 하겠다는 꿈이 생기기 시작했다. 그리고 봉사활동을 하면서, 사회를 변화시키거나 사회를 위해 의미 있는 일을 하려면 결국 돈이 있어야 도와줄 수 있다는 사실을 깨달았다. 정치도 정치인 스스로 모든 걸 다 할 수 있는 게 아니라 그들 곁에 사업가도 결국 필요하다는 생각이 들었다. 사회와 돈, 자본과 정치는 그렇게 맞물려 돌아간다는 사실을 알았다.

　나는 나의 미래를 정치 쪽으로 두지 않았다. 사업가가 되어서 돈을 벌고 그 돈으로 도움을 주는 사람이 되어야겠다고 생각했다. 정치하는 사람은 정치를 하고 나는 나만의 역할을 하면 된다고 생각했다. 어떻게든 큰돈을 벌어서 반드시 자선 사업가가 되어야 한다는 생각이 점점 커졌다. 이념에 관한 공부는 별로 관심이 없었다. 4·3항쟁이나 5·18은 공부를 좀 깊이 있게 들어가다가 '어떻게 이런 일이 있었을 수 있을까?' 하며 충격을 받고 가슴 아파하기도 했다. 이런 일을 막기 위해 학생운동 하는 사람들이 필요하구나! 정도만 생각했다.

김형진은 비록 1년 선배였지만 큰 사람, 큰 선배였다. 너무나 어른스럽고 반듯한 사람이었다. 대학 다닐 때도 많이 의지하며 도움을 받았는데 졸업 후 사업을 할 때도 선배의 도움을 받았다. 선배에게 영송 마틴 얘기를 했더니 MOU 체결을 다 도와주었다. MOU 내용 전체를 정리 해주며 서류상 문제 될 게 없는지 꼼꼼히 다 체크해 주었다. 그 선배는 경영기획을 하는 사람이라 숫자에 민감해 계산이 엄청 빨랐다. 영송 마틴과의 20분 미팅 때도 선배가 같이 자리했다. 본인 일도 바쁜 사람이 퇴근 후 나에게 경영 코치도 해주었다. 아, 얼마나 고마운 선배인가.

선배와 경영 공부를 하면서 사업체 관리 운영 노하우를 배웠다. 처음에는 무슨 말인지 알아듣지 못했다. 처음 접해본 영역이니 그럴 수밖에 없었다. 글로벌 비즈니스에 푹 빠져 사는 사람에게 일주일에 한 번 강의를 들으니, 두통이 밀려왔다. 억지로 알아들으려 하니 더 머리가 아팠다. 그래도 이제는 뭔가 중요한 결정을 내릴 때, 혹은 새로운 아이디어가 떠오를 때 물어볼 사람이 있어 너무 좋다. 의지가 되는 든든한 백, 든든한 멘토가 있어 마음이 편하다. 내 삶의 아픔을 이야기할 수 있는 유일한 사람이다. 그래서 그나마 내 숨통이 좀 트인다. 선배는 내가 회사를 창업할 때 필요한 모든 걸 도와줬다. 처음 회사를 설립할 때는 이것저것 신경 쓸 것도 많은데 나는 그 선배 덕에 그런 어려움을 겪지 않았다.

 몇 년 전인가 선배가 나에게 하산 통보를 했다. 이제는 일을 너무 잘하고 있어서 더 가르칠 게 없다고 했다. 그 선배 덕에 나는 지금까지 성장했고 지금의 비즈니스를 만들 수 있었다. 너무나 고마운 사람이다. 그 선배는 회사를 설립할 때 빨리 회사를 키워서 자기를 전문 경영인으로 스카웃하라고 농담 반 진담 반으로 말하곤 했다. 사실 본인도 대기업에만 있고 싶지 않다는 것이다. 자신의 꿈이 분명하게 있었다. 지금 회사에서는 자기 가치관을 펼칠 여유가 없다. 늘 A 아니면 B를 선택해야 한다. 우리의 삶은 선택의 연속이다. 선배도 늘 선택의 고민이 있었을 것이다, 그때마다 나름 현명하게 자기 길을 잘 간 것 같다. 그리고 나의 선택에 대한 고민에 도움까지 주었다.

 회사 CEO의 가장 중요한 역할은 의사 결정이다. 그 결정에 따라 회사의 방향성은 물론 운명이 달라진다. 올바른 의사 결정을 하기 위해 원칙을 잘 세워 놓아야 한다. 선택의 고민이 있을 때면 그 원칙에 가장 부합되는 결정을 하면 된다. 그마저도 힘들 때 나는 그 선배에게 자문한다. 이 사람을 만나야 하나, 여기에 투자해야 하나, 말아야 하나라는 고민에서 답이 안 보일 때면 꼭 답을 찾지는 못해도 그 선배를 만나는 것만으로 생각의 폭이 넓어지는 느낌이다. 가끔 내가 바르게 생각하고 있는지, 혹은 올바른 길을 가고 있는지 체크하고 싶을 때 그 선배를 통해 검증받는다.

사업을 할 때는 어떤 직감이라는 게 있다. 그 직감은 단시일에 생긴 게 아니다. 그 선배 덕에 직감도 늘었던 것 같다. 그 선배는 내가 자존감이 떨어질 때마다 나를 일으켜 세워 주었다. 밀어주고 당겨주었다. 그 덕에 나는 다른 길로 빠지지 않고 절망도 오래 하지 않았으며 내 일에 더 집중하고 더 치열하게 매달렸던 것 같다. 그러다 보니 일이 그대로 내 삶이 되었다. 그 선배는 내 삶에 가장 큰 영향을 준 사람이다. 그래서 이 책을 통해 감사의 말을 꼭 전하고 싶다.

코로나 전의 내 삶은 일과 삶이 무경계 상태였다. 그러다 조금씩 그 경계가 생겨나기 시작하면서 그전에는 없던 시간이 생겨났다. 나는 일하면서 행복을 찾았다. 일이 그대로 취미가 되어 버렸다. 일이 그냥 나였다. 그리고 결과물이 나오니 신이 났다. 하지만 재정적인 부분에 있어서 회사를 운영하는 건 너무 힘들었다. 그건 내 체질에 맞지 않는 일이었다. 돈 계산도 힘들었다. 결혼 예물, 돌반지 팔아 직원들 급여 줄 때는 마음이 참 비참했다. 펑크 내지 않기 위해 스트레스도 엄청나게 받았다. 그 숱한 고비들 사이에 힘을 준 사람이 바로 김형진 선배다.

사업 동지였던 동생
그리고 부모님을 생각하며

이제 나와 사업을 같이 했던 동생 이야기를 하려고 한다. 가족 이야기를 뭐 특별하게 알릴 것은 없지만 동생의 경우는 마음이 많이 걸린다. 평생 급여 펑크를 낸 적은 없는데 친동생과 처음 창업할 때는 동생에게 급여를 못 줬다. 어릴때부터 사이가 좋았던 동생은 그저 누나의 사업을 위해 노력 봉사를 했다. 그런데 그런 봉사도 하루 이틀이지 언제까지나 그럴 수는 없다. 결국 동생과 트러블이 생겼다. 동생도 지치고 힘들었다. 직원도 한두 명씩 늘어나다 보니 더 힘들었던 것 같다. 나나 동생이나 정말 회사다운 회사를 만들고 싶었는데 그게 처음에는 잘 안되었다.

동생은 사업가가 아니었다. 내가 생각하는 것과 다를 수밖에 없었다. 내가 사업을 확장하거나 영업하면 동생은 내부에서 직원들을 잘 관리해야 하는데 그것도 쉽지 않았다. 회사는 시스템이고 조직이라 직원들에게 롤모델로서 모범을 보여주어야 하는데 그게 안 되었다. 본부장 직함이었는데 매 주말마다 밤샘을 하다 보니 지친 동생은 근태도 점점 느슨해졌다. 동생과 나는 한 살 차이였다. 가족이다 보니 서로 험한 말이 나올 수 있는데 그걸 직원들 앞에서 보여줄 수는 없었다. 나는 억누른다고 억눌렀는데 동생은 그게 잘 안되었던 모양이다. 가끔 직원들 앞에서 욱하는 감정이 튀어나왔다.

동생은 동생대로 회사를 같이 창업했으니 자기 몫이 있을 것으로 생각했을 것이다. 회사가 조금씩 안정을 찾아가자, 본인도 지쳤던 나머지 어느 날 지분 이야기를 꺼냈다. 당연한 요구였지만, 내 입장에서는 아직 시기상조라는 생각이 들었다. 사업을 하면서 여러 가지 시도를 해보는 단계였고 시행착오도 당연히 겪을 수밖에 없는 상황이었다. 제대로 된 회사가 되려면 그런 것들을 어느 정도 감수하고 가야 한다. 그런 면에서 동생과 나는 생각의 차이가 생겼다.

나는 내 위로 언니가 있는데 어릴 때는 언니보다 남동생과 엄청 친하게 지냈다. 우리 둘은 한 살 차이인데도 단 한 번도 싸운

적이 없었다. 내가 워낙 순했었고 동생도 나를 잘 따랐다. 초등학교 때는 내 키가 또래들보다 커서 키가 작았던 동생은 내 허리에 매달리고는 했다. 동생도 참 순했으니, 나와 같이 어울리며 놀았을 것이다. 그렇게 사이가 좋았는데 회사를 창업한 이후 누나와 생각이 맞지 않다고 뛰쳐나갔다. 회사를 운영하면서 가장 힘들었던 시기다. 표현은 안했지만 가장 의지했었고 회사에서 가장 큰 역할을 해준 사람이었기에 동생의 부재는 회사의 큰 위기였다. 내가 집 안팎으로 가장 힘들 때였는데 동생과 생각의 차이가 커지다 보니 끝까지 함께 할 수 없겠다라는 판단이 들었다. 일이 너무 많아서 밤잠도 못 잘 때였는데 힘든 것 위에 힘든 게 겹쳤다. 첩첩산중이었다.

이런 모습을 보는 부모님 입장은 또 달랐다. 아들이기도 하고 같이 잘해오다가 동생이 뛰쳐나갔다고 하니 너무 속상해하셨다. 워낙 마음이 여리신 아빠는 더 많이 속상해하셨던 것으로 기억한다. 부모님은 내 입장보다는 동생 입장에 더 기울어져 있었다. "같이 있어서 회사가 망하는 것보다 내가 회사를 잘 만들어서 나중에 도움을 주는 게 훨씬 좋아요." 하고 아버지를 설득했는데 그걸 이해하지 못하셨다. 같이 하는데 왜 망하냐고 되물으셨다. 그러면서 그저 같이 고생해서 회사를 잘 키워보라는 말만 하셨다. 동생과 마음을 합쳐 잘해보라는 얘기였다.

동생은 그때까지 나름으로 고생하며 잘해왔다. 그러나 회사가 커 가면서 서로 안 맞는 게 생기고 그게 회사가 앞으로 나가는데 발목을 잡는다면 과감하게 방향을 바꾸는 게 맞다. 가족이라고 머뭇거려서는 안 된다. 가족이라는 이유로 주춤하는 모습을 보이면 조직 차원에서도 좋지 않다. 나는 회사를 다시 키워놓고 동생을 다시 불러야겠다고 생각했다. 지금 같이 손을 잡고 아래로 내려가느니 내가 조금 더 힘을 내 회사를 안정시키고 그때 가서 동생에게 도움을 주고 싶었다. 속상한 마음은 어쩔 수 없지만, 방향은 그렇게 가려고 했다. 동생에게 급여를 주지 못한 건 두고두고 마음이 아팠다. 동생도 가정을 꾸리고 생활해야 하는 데 생활비로 용돈 정도만 주고 매달 고정적인 급여를 주지 못했다. 동생은 나와 5년 정도 같이 일을 했다. 동생이 퇴사할 때 5년 치 연봉을 매달 나누어서 챙겨 줬다.

동생 얘기를 하다 보니 부모님 얘기를 빼놓을 수가 없을 것 같다. 아빠는 굉장히 성실하신 분이다. 성실함은 내가 아빠에게 물려받은 가장 큰 자산이다. 엄마는 신앙생활을 열심히 했다. 늘 가족을 위해 기도하신 분이었다. 아빠는 자식들을 엄하게 가르치기보다 항상 따뜻하고 부드럽게 대해주셨다. 부모님과 떨어져 사업을 할 때는 손편지를 써주시는 감성이 넘치는 분이었다. 우리들을 키우면서 단 한 번도 혼내지 않으셨고 동생이 군에 들어가 제대할 때까지 손편지를 꾸준히 써 주시기도 했다. 내 기억으로도 어릴 때 나는 아빠 무릎에서 떠나지를 않았던 것 같다. 아빠를 너무 좋아해서 그런지 나도 아빠를 닮은 구석이 많다. 참 순한 성격을 그대로 닮았다. 그런 성격으로 거친 사업의 세계에서 살아남았다는 게 신기할 정도다.

내 인생의 큰 스승, 영송 마틴

나는 영송 마틴을 인터넷으로 처음 만났다. 그녀의 작품을 처음 본 순간은 정말 충격이었다. 그 충격이 내 인생의 터닝포인트가 되었다. 이벤트 공간 디자인을 하는 사람 중에 영송 마틴 수준의 레퍼런스를 가진 사람은 거의 없는 것 같았다. 당연히 국내에 그런 퀄리티는 있지도 않았다. 지금은 그분과 헤어졌지만, 그분 덕에 지금의 내가 있다는 걸 부인하지 못한다. 이메일로 두근거리는 만남을 시도했고, 미국에 건너가서 영광스럽게 같이 일할 기회를 잡았으며 한국에 출장을 자주 나왔는데 그때 더 많은 걸 배울 수 있었다.

영송 마틴은 나를 수제자로 생각하며 열정적으로 키워주셨다. 아이디어가 참 많으신 분이었다. 세상 모든 것, 특히 자연에서 아이디어를 많이 얻었다. 바닷가에 햇볕이 내리쬐면 바닷물이 보석처럼 반짝이는데 이걸 윤슬이라고 한다. 그 윤슬을 디자인에 표현하기도 했다. 내가 자연에서 영감과 아이디어를 얻으려 하는 것도 다 영송 마틴에게서 배운 것이다. 영송 마틴은 직업적으로도 큰 스승이고 인생에도 큰 영향을 준 사람이었다. 어느 날 나는 제주 돌담을 보고 영감을 얻은 적이 있다. 수양버들이나 물의 흐름을 보고도 영감을 얻었다. 이런 것도 디자인이 되구나! 하는 생각을 영송 마틴이 심어주었다.

영송 마틴은 미국에서 비즈니스를 하는 분이었는데 비즈니스 감각이 정확한 분이었다. 예술적인 디자인 감각뿐만 아니라 비즈니스 감각도 탁월했다. 그걸 나에게 정확하게 적용했다. 본인의 감각을 물려줄 수제자로 생각해서 더 스파르타식으로 가르쳤다. 그 과정에서 상처도 많이 받았다. 나는 낮에 일이 끝나고 자정쯤 미국에 있는 영송 마틴과 통화를 했다. 앞으로 어떤 이벤트가 있는데 디자인을 어떻게 했으면 좋겠냐고 물으면 그것에 대한 아이디어도 주고 피드백도 열정적이었다. 영송 마틴 입장에서는 내가 와일드플라워 린넨 코리아 활동을 하고 있으니 한국 내에서 영송 마틴 브랜드를 키워야 했기에 더 열정적이었을 것이다.

영송 마틴은 나에게 제자로서 애정도 있고 비즈니스적으로도 신경을 많이 썼다. 영송 마틴과의 계약 조건에 린넨으로부터 2억 5천만 원 정도의 물품을 사야 라이센스를 주는 조건이 있었다. 나는 그렇게 큰 금액을 한꺼번에 주고 살 수가 없었다. 당시 나는 아무것도 없는 상태였다. 물품비는 일을 한 후 나누어 갚기로 했다. 실제 사업을 해서 2억 5천만 원을 거의 다 갚았다. 나에게 중요한 프로젝트 중의 하나인 배용준 씨 웨딩을 준비할 때도 시간이 2주밖에 남지 않아 많이 쫓기는 상태였는데 미국에서 밤샘 작업을 해서 도와주었다. 이렇게 특별한 행사가 있다면 오버타임을 해서라도 다 해결해 주었다. 린넨 코리아에 대한 이익도 생각했겠지만, 애정도 분명히 있었던 것 같다. 사실 린넨 코리아는 아시아의 다른 국가로 사업을 뻗어 가기 위한 전초 기지 역할이 컸다. 영송 마틴은 그것을 위해 나와 린넨 코리아에 공을 많이 들였다.

영송 마틴과는 나중에 계약 연장이 안 되면서 안 좋게 끝났지만, 여전히 내 인생에 큰 역할을 하신 분이라 고마운 분이라 생각하고 있다. 막 뻗어 가려는 브랜드가 없어졌으니, 나보다는 그분이 더 서운했을 것이다. 또 다른 아시아 브랜드를 만들어야 하니 고민도 크지 않았을까 싶다. 사실 그분 덕에 한국의 이벤트 공간 디자인도 새로운 퀄리티에 눈을 떴다. 한국의 업계에 좋은 영향을 미친 것이다. 10년 전 한국의 이벤트 공간 디자인 업계는 아주 척박했다. 그걸 천지개벽 수준으로 바꿔 놓은 것이다. 지금은 우리 업계도 좀 더 과감한 디자인도 시도하고 퀄리티도 아주 높아졌다. 영송 마틴은 플라워 디자인만 집중하는 게 아니었다. 패브릭이나 빨랫줄을 활용한 설치 예술도 아이디어 감각이 탁월했다. 즉흥적으로 아이디어 응용을 잘했다. 큰돈 안 들이고도 수준 높은 아이디어를 잘 뽑아냈다. 나는 현장에서 그녀와 같이 일을 하면서 많이 배웠다. 나도 저런 디자인을 해 봐야지 하는 욕구가 커서 영송 마틴이 내게 보여준 디자인들이 스펀지에 흡수되듯이 나에게 들어왔고 그건 내 사업에 아주 긍정적인 영향을 주었다.

나는 사실 디자인만 하며 살고 싶다. 지금은 회사가 커져서 경영을 다 생각해야 하지만 내가 하고 싶은 디자인에 집중하는 게 내 소박한 바람이다. 그래서 회사를 빨리 키워서 전문 경영인을 두고 일해야지 하는 생각을 많이 한다. 내가 아이디어에 집중할 수 있도록 도와줄 투자자, 경영인이 간절했다. 그리고 내 바람대로 하나씩 그 길을 가고 있다. 내가 하는 이쪽 일은 럭셔리 영역이라 한번 내려가면 다시 올라오기 힘들다. 내려가기 싫어서, 내려갈 수 없어서 배가 고파도 낮은 금액의 일을 맡지 않고 버티었다. 사실 그 버티는 시기는 어마어마한 고통의 시간이다. 유혹도 엄청나다. 그러나 그 유혹에 넘어가 내려가는 순간 사람들은 다시는 나를 찾지 않는다. 내려가는 순간 망하는 것이다. 그래서 영송 마틴에게 배운 디자인 감각, 사업적 감각을 최대한 살려서 버텨 나갔던 것 같다.

지금 영송 마틴은 미국 사업도 접고 거의 은퇴한 상태다. 자기 기준, 자기 고집이 강한 사람이라 아직도 소원한 상태다. 감정적으로 약간 돌아서 있다. 조언도 좀 주면서 교류를 이어가면 좋을 텐데 그게 쉽지 않다. 어쨌든 내가 큰 도움을 받은 건 분명하기에 이 자리를 빌려 진심으로 감사의 말씀을 올린다.

자기가 다녀본 웨딩 중
최고라며 찬사를 해준 배용준 씨

내가 맡은 프로젝트 중에 내 브랜드를 세상에 알릴만한 파워를 가진 프로젝트가 아마 배용준 씨 웨딩 프로젝트 아닐까 싶다. 지금 내가 연예인들이나 방송 쪽으로 연결된 계기도 그 프로젝트고 배용준 씨와의 인연 덕분이다. 배용준 씨는 사실 방송이나 연예인 쪽하고는 상관없이 호텔에서 연락이 와서 연결되었다. 사실 호텔 쪽에서는 누구 웨딩이라고 말은 안 한다. 그냥 신랑이 외국 분인데 결혼식을 우리가 맡아 주었으면 좋겠다고 했다. 애스톤하우스에서 했는데 그 일은 사실 우리를 테스트하는 차원이었다. 그 결혼식 디자인을 보고 배용준 씨가 자신의 웨딩을 우리에게 맡겼다.

쉐라톤 워커힐 호텔은 자체 플라워 팀이 워커힐 패밀리를 주로 맡아서 했다. 절대 건드릴 수 없는 영역이었다. 그런데 호텔에서는 새로운 디자인을 보여주고 싶어했고 린넨을 같이 활용하는 우리의 디자인에 관심을 갖고 있었다. 어쨌든 우리도 비딩을 해야 했는데 우리가 갖고 있는 내세울 만한 레퍼런스가 없었다. 그쪽 팀과 비딩을 해서 레퍼런스로는 밀렸다. 당연히 우리에게 맡기기 불안했을 것이다. 그래서 배용준 씨 쪽에서 우리 회사가 어떤 회사인지 조사를 했다고 한다. 지배인들은 자체 팀보다 우리를 계속 지지했다. 그렇게 해서 배용준 웨딩 프로젝트를 맡게 되었다. 나는 정말 열과 성을 다해 그 프로젝트에 집중했다. 내가 가진 모든 것을 여기에 쏟아부었다. 그 결과 배용준 씨에게 자기가 다녀본 웨딩 중에 자신의 웨딩이 최고였다는 찬사를 받았다. 대단히 큰 만족을 보여주었다.

배용준 씨는 그 이후 우리를 계속 소개해 주었다. 박연차 회장 아들이 골프장에서 웨딩할 때도 배용준 씨가 우리 업체가 너무 잘한다고 그곳과 일을 하라고 해서 연결되었다. 그렇게 해서 이름 있는 빅브랜드의 레퍼런스가 하나둘 쌓여 갔다. 한고은 씨도 그렇게 연결되었고 전진 씨, 전혜빈 씨도 그렇게 소개받았다. 그 모든 빅 네임밸류의 레퍼런스 시작점은 바로 배용준 씨였다. 연예인들 웨딩을 해보니 말을 조심해야 했다. 일을 하면서도 절대 누구 웨딩을 준비한다고 말하면 안 되었다. 보안이 너무 철저해서 직원들에게조차 누구 웨딩이라고 말을 못 했다. 입이 근질근질했지만, 프로젝트가 끝날 때까지 철저하게 입단속을 했다.

배용준 씨 프로젝트의 경우 배용준 씨는 작업 현장에 나오지 않았다. 대신 아내인 박수진 씨가 가끔 현장에 들러 작업 과정을 체크했다. 섬세한 감각을 가진 박수진씨는 본인의 아이디어를 적극적으로 제시하기도 했다.

모든 준비가 끝나고 저녁에 예식이 시작이 되는데 그제야 내가 12시간 동안 화장실을 안 간 사실을 알게 되었다. 일에 집중하느라 생리적인 현상도 잊어버리고 있었다. 아마도 이 일을 잘해야 한다는 중압감 때문일 것이다. 배용준 씨가 나중에 와서 예쁘다고 한마디 해주자 맥이 딱 풀렸다. 배용준, 박수진 부부의 웨딩 컨셉은 시크릿 가든 스타일로 잡았다. 내가 그 컨셉을 잡았다기보다 박수진 씨가 그렇게 해달라고 했다. 나는 그 요구를 철저하게 반영하여 두 분이 만족할 수 있도록 모든 걸 집중했다. 그냥 그 일 하나에 몰입해서 그 일 이외에 나머지는 전혀 생각하지 못할 정도였다. 밥도 제대로 못 먹었는데 식욕도 사실 없었다. 나는 일을 맡으면 늘 이랬다. 호텔 쇼케이스할 때도 준비하던 두 달 동안 잠을 못 자면서 준비했다.

더잭키찬코리아 대표 이미선

　우리나라 사람들에게 잭키찬, 즉 성룡이라고 하면 모르는 사람이 없다. 나는 성룡과 직접적인 인연은 없지만 더잭키찬코리아 대표인 이미선 대표님과는 조금 인연이 있다. 우리 회사의 부대표 두 명도 그분이 소개해 주셨다. 이미선 대표는 내가 만나본 여자 대표님 중에 가장 센 쪽에 들어가는 분이다. 그냥 센 분이 아니라 엄청나게 센 분이다. 그런 분이 나를 너무 예뻐해 주신다. 그러다 보니 요즘도 자주 만나는 편이다.

　이분은 지인이 소개해 줬다. 중국에서 사업하는 사람이 들어왔는데 한번 만나보면 좋을 것 같다고 해서 나갔다. 내 비즈니스에 큰 도움이 될 거라고 했다. 이미선 대표는 내가 하는 일에 관

심을 많이 가졌고 곧바로 중국 쪽 호텔 리조트 사업과 연결하려
고 했다. 그곳의 콘텐츠 공간 플랜에 내 역할이 필요할 것 같으니
잘 준비하면 괜찮을 것 같다고 했다. 그렇게 이미선 대표와 인연
이 시작되었다. 그리고 다양한 영업 기회를 가질 수 있었다.

이미선 대표님 덕에 그 유명한 나영석 PD님도 만날 수 있었
다. 내가 최근에 방송 활동을 조금 하니까 방송 쪽으로 큰 도움
이 되는 분이라고 나 PD님을 소개해 주셨다. 나에게 비즈니스를
위해서는 인맥 넓히는 데 열심히 힘써야 한다고 조언해 주셨다.
나의 어떤 점이 그분의 마음에 들었는지 구체적으로는 잘 모른
다. 그러나 나를 엄청나게 예뻐해 주시는 것만큼은 확실하다. 그
리고 그분 주변 사람들도 나를 예뻐한다. 그래서 나에게 이런 말
씀을 하신다.

"이상하게 왜 내 주변 사람들은 전부 비키를 예뻐하는지 모르
겠네."
다 알면서 그렇게 말씀하신다. 이분이 소개해 준 귀한 분들
이 참 많은데 그분들도 나를 좋아하신다. 나는 그저 감사할 따
름이다.

딱 한 번 인사를 나눈 분 중에도 같이 식사라도 하자고 하는

분들이 있다. 그 친구 괜찮은 사람이니 한번 만나보라고 이미선 대표가 소개하는 거다. 이미선 대표는 에너지가 넘치는 분이다. 그런 분이 내 곁에 있다는 게 큰 복이라 생각한다. 옛날에 그렇게 고생을 많이 했던 나에게 하늘이 선물을 해주시는 것 같다. 사실 영송 마틴도 나에게 이미선 대표님 같은 말을 한 적이 있다.

"너의 장점은 사람을 소개해 주면 사람들이 너를 좋아한다는 거야."

그렇게 되면 더 소개해 주고 싶어진다.

이미선 대표님은 잭키찬 비즈니스의 한국 에이전트다. 홍콩 영화배우들의 한국 행사가 있을 때 모든 일을 책임진다. 그러다 보니 연예인들과의 연결고리도 많다. 한국 쪽은 물론 중국 쪽으로도 연결이 잘 된다. 내가 중국 쪽 사업을 한번 실패한 적이 있지만, 다시 그쪽 일을 하게 된다면 이미선 대표님으로부터 큰 도움을 받을 것 같다. 이미선 대표를 만난 이후 나는 세상일이라는 게 오로지 나의 힘으로 굴러가는 게 아니라는 걸 너무 잘 알게 되었다. 비즈니스라는 게 디자인 퀄리티만 생각하는 게 아니라는 것도 뼈저리게 깨닫게 되었다. 작품도 작품이지만 인맥도 그만큼 중요하다는 사실을 그전에는 잘 몰랐다.

Ch. 7

가치,
나답게 사는 법

삶이 힘들 때는
시 한 편 읽고 음악을 듣는다

내가 일을 좋아하는 일 중독자이지만 살면서 늘 일에만 파묻혀 있지는 않았다. 가끔 자연의 풍경 속에서 휴식을 취하며 영감을 찾듯 잠시 일에서 벗어나 다른 세계를 만날 때가 있다. 그 다른 세계가 다른 아이디어를 준다. 다른 세계를 만나기 위해 꼭 시간과 돈을 들여 여행을 갈 필요는 없다. 책 한 권이면 충분하다. 시집 한 권이면 이미 내 마음, 내 영혼은 자유롭게 다른 세상을 여행한다.

학교 다닐 때 푸시킨의 "삶이 그대를 속일지라도 슬퍼하거나 노여워 말라"라는 구절을 웅얼거렸다. "죽는 날까지 하늘을 우러러 한 점 부끄럼 없이" 살고 싶은 꿈도 꾸었다. 복잡한 글보다 시구 하나가 축 처진 내 어깨를 일으켜 세워 주곤 했다. 내가 시를 쓸 수는 없지만 시가 나에게 보내는 선물 같은 감성은 잘 받아먹는다. 그 감성을 안고 다시 일을 하면 그 전에 볼 수 없었던 감각이 내 속 저 안쪽에서 튀어나온다.

중학교 때 잠시 부모님과 떨어져 살았다. 어린 나이였으니 부모님과 떨어진 그 경험이 참 쓰리고 아팠다. 돌아보면 별거 아니지만 그때는 참 힘들었다. 그래서 푸시킨 시도 가감 없이 나에게 훅 다가왔고 다른 고전문학들도 친구처럼 나를 위로해 주었다. 나는 책이 주는 여유와 사색이 좋다. 아침에 일어나서 시 한 편 읽는 그 잠깐의 여백이 좋다. 이런 기분이라면 내 속에서 멋진 시 한 편도 나올 것 같다. 나에게 아이디어 영감이 막 솟구치듯이 말이다.

나는 이벤트 공간 디자인할 때도 음악을 잘 활용한다. 꽃이나 향수처럼 음악도 공간의 감성을 살리는 데 아주 중요한 요소다. 그래서 일에서 벗어나 잠시 쉴 때도 음악을 들으면서 '아 이 노래는 나중에 그 공간에서 써먹어야지" 하는 생각을 한다. 음악도 컨셉에 따라 다른 음악이 필요해서 가끔 피아노 연주곡도 듣고 재즈에도 푹 빠진다. 내가 연주자들을 공간 디자인에 불러오는 것은 평소 내가 즐겨 들었던 음악들이 축적되었기 때문이다.

언젠가 호텔 쇼케이스 때 하프 연주자 8명을 모아 놓고 이벤트를 진행하고 싶었는데 예산이 맞지 않아서 못 했다. 나는 이처럼 기존에 볼 수 없었던 독특한 것을 하고 싶은 사람이다. 그리고 해보고 싶은 것은 언젠가는 꼭 하게 된다. 8명은 모으지 못했지만, 이후 다른 호텔 쇼케이스 때 3명의 하프 연주자를 모아 직접 진행하기도 했다. 그런 독특한 시도가 시선을 모으고 화제가 되는 것이다. 나중에는 콘트라베이스와 DJ를 콜라보하는 실험도 해보려고 한다. 성악가들의 크로스오버도 꼭 한번 해보고 싶은 이벤트다.

맥앤로건 이사님들과 페스티벌 진행을 할 때 비록 코로나로 중단되었지만, DJ 3명을 출연시켜서 새로운 시도를 해보려고 했다. 층층이 한 10명을 모아서 해보는 건 어떨까? 아이디어를 낸 적도 있다. 이렇게 나는 쉴 때도 나를 재충전할 때도 뭔가 내가 하는 일에 도움이 되는 어떤 영감을 찾는다. 그렇게 따지면 일이 따로 없고 휴식이 따로 없는 것 같다. 모든 나의 일상이 일이고 휴식 아닌가 싶다. 나는 꼭 일과 휴식을 구분하며 사는 것 같지는 않다.

우리 삶은 가끔 멍때리는 시간도 필요하다

요즘 들어 사업을 하는 사람들에게 더더욱 여백의 시간이 필요하다는 걸 많이 느낀다. 24시간, 365일 전속력으로 달릴 수는 없다. 책을 읽거나 음악을 듣거나 산책하는 시간이 필요하다. 그리고 그 시간을 종종 가져본 나는 그 시간이 그냥 무의미하게 시간을 까먹는 헛된 시간이 아니라 오히려 아이디어가 용솟음치는 아주 소중한 시간이라는 걸 알았다. 사람들에게 차분히 생각을 다듬을 여백의 시간은 꼭 필요하다. 솔직히 코로나 전에는 그냥 편안하게 쉬는 시간이 없었다. 나는 쉴 줄을 몰랐다. 놀아본 사람이 놀고 쉬어 본 사람이 쉰다고 했는데 나는 그걸 해본 적이 없었다. 모든 걸 일로 다 해결하려 했다. 해야 할 일도 너무 많았고 그걸 쳐내느라 너무 바빴다. 남들은 쉬는 날, 명절이 좋은

데 나는 오히려 설날, 추석이 싫었다. 일을 멈추어야 하는 시간이었기 때문이다. 계속 쉼 없이 달렸는데 하늘에서 이게 보기 안타까웠나 보다. 코로나를 통해 강제 휴식, 잠시 멈춤의 시간을 주었다. 그 시간을 보내면서 '아, 이래서 휴식이 필요한 거구나. 이래서 여백의 시간이 있어야 하는구나'를 알게 되었다.

2021년에 나에게 암이 찾아왔고 그 계기로 나의 일에 대해 다시 생각했다. 그리고 2022년에 회사 시스템을 바꿨다. 시스템을 바꾸니 일에서 벗어나 조금 여유를 찾을 수 있었다. 나 같은 경우는 집 밖에서 에너지가 거의 다 소진되다 보니 집에 있을 때 반드시 재충전의 시간이 필요했다. 그래서 아무 일도 안 하고 그냥 음악 틀어 놓고 와인을 마셨다. 시간과 공간을 의식하지 않고 생각조차도 벗어나서 멍때리는 시간을 가졌다. 그런데 그게 나에게 참 좋은 영향을 주었다. 일 생각, 아이디어 생각을 벗어던지고 그냥 온전히 시간의 흐름 속에 모든 걸 맡기니 그렇게 편할 수가 없었다. 이런 게 시간의 주인인 거구나! 하는 생각도 들었다. 그렇다면 나는 그동안 시간의 노예로 살았던 셈이 된다. 나는 이 전에는 이렇게 살지 않았다. 조금이라도 시간이 주어지면 일 생각만 했다. 길을 걸을 때도, 차 안에서도, 엘리베이터 버튼을 누를 때도 집 안에서 가스불을 켤 때도 일 생각만 했다. 심지어 꿈에서도 일을 하고 있었다.

이제는 완전 반대가 되었다. 요즘은 일 생각, 디자인 생각을 너무 안 한다. 이렇게 생각 안 하고 살아도 되나 싶을 정도로 안 한다. 2023년 봄에 방송 촬영을 하고 이후 쇼케이스에 유튜브 촬영 등 나름 촘촘하게 바빴는데 나 스스로 그렇게 일을 열심히 한 것 같지는 않다. 하지만 일의 양으로 보면 생각을 많이 안 하며 일을 한 지금이 더 많이 했을 수도 있다. 일은 많이 했지만 내가 느끼지 못했을 수도 있다. 뭔가 이제는 다른 단계에 접어든 느낌이다. 내게 주어진 일정은 다 소화했는데 왜 열심히 일한 느낌이 안 드는지 나 자신도 궁금하다.

나는 머리를 쓰고 아이디어를 뽑아내고 뭔가를 준비하고 계획하며 열심히 사는 게 생활이 되어 있었던 사람이어서 그럴 것이다. 그렇게 해야만 앞으로 나갈 수 있는 것으로 생각했다. 지금처럼 생각 없이 느긋하게 보내는 건 일을 하는 게 아니라고 생각했다. 이건 사실 개념이 다른 것이고 엄밀히 따지면 지금이 더 올바른 상황인데 나의 오래된 습관과 타성은 쉽게 이 상황을 좋게 바라보지 않는 것 같다. 일은 더 하고 있지만 오히려 쉬는 것으로 보이는 게 그런 타성에서 아직 못 빠져나왔기 때문이다. 2023년 회사 창립 10주년이 되고 더 열심히 일을 해야 하는데 내가 너무 일을 안 하고 있나 돌아보았더니, 회사는 밑에서부터 알아서 돌아가고 있었다. 현장에서 너무 편하게 잘 돌아가고 있었다. 내가 시스템을 나름 잘 만들었구나! 하는 뿌듯한 마음이 들었다. 시스템을 편하게 해 놓으니까, 주말에 밤샐 일도 없다. 금, 토, 일 주말이 너무 편해졌다. 내가 현장에서 직접 안 뛰어도 되니 내 시간이 많아졌다. 이제는 온전히 이 시간을 즐기면 된다. 멍때려도 좋고, 영화를 봐도 좋고 와인에 취해 잠들어도 좋다. 아직 일을 안 해서 불안하다는 생각은 여전하지만, 그 불안을 새로운 것을 준비하는 시간으로 채우려 한다. 그동안 나를 누르고 있었던 강박관념이 엄청 심했는데 그것도 좀 내려놓는 연습이 필요할 것 같다. 너무 나른해지면 안 되니까 꼭 일이 아니더라도 다른 방법으로 나 자신을 채찍질하려 한다.

불안함을 억누를 수 없어서 정신과 약을 먹었던 적도 있다, 음악이나 와인도 내게는 좋은 치료제였지만 제일 좋았던 것은 책이었다. 책 한두 페이지 읽다가 마음이 그쪽으로 움직이는 경우가 있다. 그러다 보면 마음이 씻겨 내려간다. 집에서 아이 아빠하고 싸울 때도 나는 책을 봤다. 안 좋은 감정을 책으로 풀려고 했다. 책을 보다 보면 집중하게 된다. 그렇지 않으면 이 사람이 무슨 얘기하는지 알 수가 없다. 책을 보는 시간은 내 마음이 단단해지는 시간이었다. 생각이 막 다른 데로 산만하게 흩어질 때도 책으로 다스린다. 감정적으로 힘든 일이 생기면 책에 집중해서 빨리 덜어낸다. 그게 나 나름의 마음 다스리는 방법이었다.

나를 감동하게 하고 자극이 되는 세바시 강의

　나는 시간이 생길 때 강의 듣는 걸 좋아한다. 긴 강의는 시간이 걸려서 짧은 세바시 강의를 특히 좋아한다. 퇴근할 때 집에 오는 길에 세바시 강의 두 편을 딱 들으면 집에 도착한다. 짧은 강의지만 아주 유익하고 건질 게 많다. 나름 자기 영역을 구축한 쟁쟁한 사람들의 내공을 15분 안에 만나는 게 그렇게 좋을 수 없다. 나는 내가 좋은 걸 다른 이에게도 추천하는 스타일이다. 세바시 강의는 직원들에게도 추천했다. 이 글을 읽는 독자분들도 꼭 들어 보셨으면 한다.

　가장 기억에 남는 세바시 강의 중에는 카이스트 배상민 교수님 강의였다. 이분은 강단 있게 자기주장을 펼쳤는데 공감이 가는 이야기가 많았다. 강의를 듣고 나니 더 뵙고 싶었다. 배 교수님은 산업 디자인을 하신 분인데 뉴욕에서 상도 받았다. 전 세계에 출시된 모든 상품 중에서 우수 디자인에 주는 실버상을 받았다. 그때 1등 상은 소니 플레이스테이션, 3등은 애플 아이팟이었다. 그만큼 그가 받은 상은 엄청나다. 배상민 교수는 디자인의 정의를 그냥 아름답게 하는 게 아니라 문제를 잘 찾아내고 그걸 해결하는 데 있다고 했다. 세계의 10% 삶에 집중하기보다 일상이 생존인 90%의 문제를 해결해야 한다고 역설한다. 그래서 그는 나눔 디자인을 만들어 냈다. 그는 그것을, 사람을 이롭게 하고 사람을 사랑하는 홍익인간 디자인, 즉 Philoantrophy Design이라고 칭했다. 나도 그런 디자인을 하고 싶다. 나에게 참 좋은 자극을 준 세바시 강의였다.

그는 따끔하게 우리가 지금 만드는 상업 디자인은 결국 쓰레기를 만드는 것이라고 얘기한다. 아프리카의 문제를 해결하는 것은 구호품을 주는 게 아니다. 근본적인 해결은 그들의 생활문제를 해결할 혁신적인 디자인을 해주는 것이다. 아프리카는 물이 소중하니 물을 정수할 수 있는 디자인을 한다든가, 말라리아모기를 퇴치할 사운드 스프레이를 발명한다. 이런 것이 바로 그들에게 실질적인 도움을 주는 혁신적 디자인이다. 우리의 재능으로 아프리카 사람들의 생존, 일상을 돕는 나눔의 디자인이라는 것이다. 그래, 나도 그런 디자인을 해보자! 하는 의욕을 불끈 샘솟게 하는 강의였다.

배상민 교수는 세상을 향한 따뜻한 시선을 가진 크리에이티브한 사람이다. 내가 기억하는 것 중에 계속 게임만 하는 자폐아를 위해 게임으로 자폐아 치료를 하는 걸 개발했다. 그 게임을 통해 아이가 엄마와 이야기할 수 있게 했다. 그런 게 진짜 의미 있는 디자인이고 발명인 것이다. 내가 하는 이벤트 공간 디자인도 궁극적으로 그런 방향이었으면 한다. 사회적으로 의미 있는 디자인을 하고 싶다. 우리의 일상을 변화시키는 그런 디자인을 하고 싶다. 예쁘게만 만드는 것이 최고의 디자인이라는 잘못된 인식의 틀을 깨고 싶다.

나는 세바시 강의도 즐겨 듣지만, 이 일을 처음 시작할 때부터 핀터레스트에서 영감을 얻곤 했다. 결국 다른 사람이 잘 만든 디자인을 통해 나의 감각을 깨우는 것이다. 그리고 지금은 자연에서 많은 영감을 얻는다. 이것은 영송 마틴의 영향이 컸다고 본다. 요즘은 차를 타고 드라이브하다가 국도변의 어느 멋진 풍경에 잠시 멈출 때도 있다. 그곳의 자연에서 아이디어를 얻곤 한다. 예전에 꿈도 못 꾼 것 중의 하나는 여행이다. 이제 나만의 시간을 조금 갖게 되면서 여행도 좀 다닌다. 2019년쯤에 〈꽃보다 누나

〉라는 프로그램에서 크로아티아가 나왔는데 그 나라를 너무 가고 싶어서 마음먹고 다녀온 적이 있다. 무언가 새로운 것을 하고 싶을 때는 해외에서 공부하고 싶은 갈증도 있다. 앞으로는 조금 넓은 시선, 조금 더 따뜻한 시선으로 세상을 보며 내 디자인이 우리 사회에 조금 더 유익한 도움을 주는 방향을 생각하고자 한다. 기왕 하는 일 다른 여러 사람에게 유익한 일이 되었으면 좋겠다는 생각이다. 그래야 내 일에 보람도 더 크게 느낄 것 같다.

요즘은 어디 유학이라도 가서 뭔가를 더 배우고 싶다는 생각이 든다. 내가 좀 부족한 것 같아서 디자인 공부를 더 하고 싶다. 2023년이 시작될 때 내가 목표로 세운 것이 공부하기였다. 작년에는 조금 더 성숙한 어른이 되자는 게 내 목표였다. 나는 그렇게 한 해 한 해 내 삶을 조금씩 업그레이드할 목표를 잡고 움직인다. 10년을 기점으로 사업도 또 다른 전환을 준비할 것이다. 창업 10년 만에 새로운 비즈니스 플랫폼을 만들었듯이 앞으로 또 10년 후에는 나의 일, 나의 일상이 달라져 있을 것이다. 그래서 한 해 한 해 목표를 세우고 사업이나 비즈니스 관련한 책도 많이 읽으며 배우는 중이다.

남들보다 몇 배는 더 강했던
버티는 힘

내 삶을 돌아보면 정말 버티는 삶이었다. 정말 죽을 만큼 힘든 위기가 너무 많았는데 그때마다 버티고 또 버티었다. 손에 힘이 너무 빠져 절벽 밑으로 추락할 것 같은 위기에서 내게 어떤 힘이 솟아났는지 모르겠지만 어쨌든 아무리 힘든 위기가 와도 살아남고자 했다. 그래서 버티는 힘, 견뎌내는 힘이 남들보다 몇 배는 강해졌던 것 같다.

나를 처음 본 사람들은 나를 그렇게 독한 사람으로 보지 않는다. 방송에서도 마찬가지다. 그런데 내가 직원들에게 혹독하게 하고 일에 과한 열정을 쏟는 걸 보면 그렇게 안 보았는데 하면서 놀란다. 나는 겉으로 그렇게 티내면서 살지 않았다. 힘든 걸 티낸다고 누가 도와주거나 내 일이 개선되지 않는다. 그냥 하나하나 묵묵히 해낸다는 생각으로 살았다. 해야 할 일 100개를 보고 한숨을 쉬는 게 아니라 밤잠을 줄여 가며 10개, 20개, 30개 이렇게 한 걸음씩 앞으로 나갔다. 개미 걸음이라고 해도 앞으로 나가려 했다. 그게 내 삶이었다.

물론 세상은 나를 밀쳐냈다. 매번 나에게 더 혹독한 시련을 주었다. 가족이 시련이 된다는 것도 살면서 정말 뼈저리게 느꼈다. 한순간에 마음이 폭삭 내려앉을 것 같은 위기였다. 운전대를 붙잡고 밤거리에서 엉엉 울었던 적도 있다. 겉으로 티내지는 않았지만 이미 내 속은 폭발 상태였다. 언젠가 내게 좋은 인연 중 한 분인 김은미 대표님을 만나 이런 얘기를 들은 적이 있다. "성공은 되어서 성공이 아니라 될 때까지 하는 게 성공입니다." 바로 그 말이 내 인생이었다. 나는 지금도 나의 현재를 성공이라 얘기하지 않고 기회라고 얘기한다. 더 큰 기회를 잡기 위해 될 때까지 무소의 뿔처럼 갈 뿐이다.

가끔 세계에서 가장 높은 산을 등정한 사람들을 보면 대단하다고 느낀다. 그런데 돌아보니 내 삶이 높은 산들을 등정한 것과 다름없었다. 백두산은 10개도 더 넘은 것 같고 에베레스트도 몇 개는 넘어선 것 같다. 도전했고 추락했고 버티었고 다시 일어섰다. 그 과정의 반복이 내 삶이었다. 상처가 났다고 주저앉지 않았고 상처가 아물기 전에 다른 일을 했다. 일을 하면서 내 상처를 치유했다. 전쟁터에서 허벅지에 총상을 입고도 전진하며 결국은 고지를 점령한 것과 마찬가지였다.

내가 생각하는 삶의 행복은 무엇일까. 아무리 생각해도 일이 나의 행복이었다. 나에게 일이 없었다면 곧 무너졌을 것이다. 일이 아니었다면 현재의 나, 현재의 비키정이 있을 수 없다. 그냥 일이 내 자식이고 돌파구고 해방이었다. 그 일로 인해 비키정이라는 사람이 태어났다. 그 일을 통해 사람들이 나를 인정해 준 것이다. 일로 만난 사람들이 나를 또 주변에 소개해 주었다. 내가 아무리 힘든 고비에서도 버틸 수 있었던 것은 일을 좋아했기 때문이다. 그것 말고는 달리 답을 찾을 수 없다.

에필로그

선인장은 사막을
탓하지 않는다

아마도 이 책을 내 후배들도 많이 볼 것 같다. 내가 그 후배들에게 어떤 자극, 어떤 모범답안을 줄 수 있을까 고민해 보니 고개가 저어진다. 감히 내가 그들한테 이렇게 살라고 조언할 입장도 아닌 것 같다. 그저 주어진 삶에 최선을 다하며 살았기에 이 자리에 서 있는 것이지, 그 이상도 그 이하도 아닌 삶을 살았다. 최선을 다한다는 것도 생존을 위한 몸부림에서 나온 결과였다. 그냥 살아야 했다. 꿈은 사치였고 오로지 살아남는 게 중요했다.

보통 사람들은 자기가 주어진 환경 조건 안에서 자기 꿈의 크기를 키운다. 그러나 나에게는 그런 환경조차 갖추어지지 않았다. 내 삶의 환경 조건은 그야말로 최악이었다. 어떤 꿈을 꿀 수 있는 형편이 안 되었다. 넘어설 수 없는 벽, 내 힘으로는 안 되는 한계 앞에서 나를 시험하는 것 같았다. 결혼, 육아, 살림, 사업… 어디서부터 손을 대야 할지 막막했다. 자본도 없었고 스펙도 안 좋고 인맥도 없었다. 내 꿈을 향해 달리고 싶어도 내 발목을 잡는 것들이 너무 많았다. 온전히 운동화 끈을 매고 달려본 적이 없는 것 같다. 신발은 자꾸 벗겨지고 가는 길에 장애물은 너무 많았다. 그럼에도 지지 않으려 했다. 세상이 나를 여자라서 더 얕잡아 보나 하는 생각이 들면서 오기가 치솟았다.

돈도 없었는데 그나마 있는 돈은 또 배우는데 투자했다. 나에 대한 투자는 절대 아끼지 않았다. 너무 밑바닥이어서 나의 성장에 대한 욕구는 엄청 강했다. 어떤 책에서 성공보다는 성장을 추구하라는 말을 본 적이 있다. 내 삶은 성공을 바라볼 틈이 없었다. 오로지 한 걸음씩 나를 성장시켜 나가는 게 중요했다. 성공을 움켜쥐려고 너무 매달리지 않고 끊임없이 성장하는 데 집중했다. 나는 자존심도 참 강한 여자였다. 결코 만족을 몰랐다. 프로젝트를 맡아서 진행할 때도 이 정도면 되겠지가 없었다. 내 마음에 안 들면 처음부터 다시 할 정도였다. 그러다 보니 직원들도 아주 힘들었을 것이다. 이 자리를 빌려 나를 잘 따라와 준 직원들에게 고맙고 미안한 마음을 표한다.

나는 나를 피곤하게 몰아세우는 스타일이다. 더 나은 것을 위해 막 닦달한다. 최선을 다해야 최고가 된다는 그 하나의 생각으로 달렸다. 물론 달리는 그 과정에 좋은 인연, 고마운 분들을 많이 만났다. 그분들이 없었다면 오로지 내 힘으로 그 험난한 파도를 헤쳐 나오지 못했을 것이다. 나는 나이를 먹는다는 건 늙는 게 아니라 익어간다고 생각한다. 늙는 건 죽는 것이다. 난 늙고 싶지 않았다. 익어서 더 성장하고 싶었다. 그래서 몇 년 전부터 꼭 한 해의 목표를 세운다. 나이를 먹어가면서 절대 되지 말아야지 마음먹는 것 중의 하나가 꼰대다. 내가 누구를 가르쳐? 요즘 애들이 얼마나 똑똑한데. 자기 갈 길을 얼마나 잘 찾아가는데. 나는 꼰대가 아닌 참어른이 되고 싶었다. 지혜를 갖춘 어른, 뭔가 마음이 저절로 의지가 되는 그런 어른이 되고 싶었다. 그래서 2025년의 목표는 어른 되기였다.

굳이 책을 통해 후배들 혹은 독자들에게 하고 싶은 말은 자신이 처한 환경을 탓하지 말라는 것이다. 그 탓을 해 봤자 자기에게 돌아올 이익은 거의 없다. 그리고 자신이 처한 환경으로 꿈의 크기를 정하지 말라고 부탁드리고 싶다. 내가 그 고비를 넘어 사업가로서 나름의 여유로운 삶을 살 것이라 누가 생각했겠는가. 나는 내 꿈의 한계를 정하지 않았다. 여러분들도 여러분의 꿈이 어느 방향으로 어느 정도 크기로 클지 아무도 모른다. 지금도 가만히 보면 힘든 환경 속에서 고군분투하는 후배들이 보인다. 나는 그들의 힘겨움을 너무 잘 이해한다. 그러나 지금의 고비 그 너머에 분명 여러분들을 웃게 할 희망이 기다리고 있다는 것을 꼭 마음에 두었으면 한다.

사람들이 비즈니스는 제로에서 시작한다고 말한다. 그러나 나는 마이너스에서 시작한다고 말하고 싶다. 나는 아무것도 없는 제로 상태에서 시작한 게 아니라 지하 8층까지 내려간 상태에서 시작했다. 그리고 이제 땅 위로 살짝 올라왔다. 이제 겨우 햇빛을 보고 기지개를 켜며 성장을 이야기하는 상태다. 겨우겨우 터닝포인트를 만들었으니, 이제부터는 성장에 속도를 올리면 된다. 버티고 버티다가 겨우 땅 위로 올라왔다. 내가 버텼던 힘의 근원은 생존이었다. 버티지 못하면 그냥 죽음의 세계였다. 악착같이 살아남기 위해 버텼고 그러다 보니 나 자신이 성장해 있었다. 나를 괴롭힌 누군가를 탓할 이유도 없다. 모든 것은 온전히 내 몫이니 내가 헤쳐가면 되는 거였다. 어떻게 보면 내가 처한 환경이 나를 더 강하게 만들었는지도 모른다. 소크라테스가 대 철학자가 된 것은 아내 크산티페에게 먹히지 않은 이야기를 밖에 나가서 떠들었기 때문이라는 우스갯소리도 있다. 아내가 소크라테스의 논리를 더 강하게 했다는 것이다.

순풍에 길들면 사람은 약해진다. 역풍은 사람을 강하게 만드는 법이다. 내 앞에 어떤 진상, 악질 상사가 있다고 욕할 필요 없다. 그 사람을 넘어서는 순간에 나는 그것보다 더 강한 고난에도 끄떡없는 단단한 사람이 되어 있을 것이다. 지금 처한 환경을 탓하기보다 환경의 역설을 믿는 게 좋다. 내가 눈이 좀 크다 보니 남들은 내가 잘 울 것 같다고 말한다. 전혀 아니다. 나는 사업하면서 아무리 힘들어도 울지 않았다. 내 인생에 내가 울었던 기억은 둘째 아이를 가졌을 때 너무나 비참한 내 처지를 보고 울었던 것이다. 그날 이후로는 나는 절대 울지 않는다. 아픔의 눈물은 나에게서 더 이상 나오지 않는다. 대신 감동의 눈물은 더 많이 차오른다.

나는 나 스스로 감동해야 남을 감동시킬 수 있다고 생각하는 사람이다. 내 느낌표가 많아야 다른 사람들이 나의 작품, 나의 사업을 보고 느낌표를 보내줄 수 있다. 자기 감동이 없으면 남을 감동하게 할 수 없다. 나는 남을 감동하게 하고 세상을 변화시키고 싶은 디자이너다. 사업도 디자인이라 생각하고 지금까지와는 조금 다른 사업을 구상한다. 늘 고민하고 늘 공부하려고 한다. 더 겸손하고 더 많이 배울 것이다. 더 소통하고 더 다가갈 것이다. 내가 잘 버티었듯이 지금 자신의 안 좋은 환경에서 잘 버티는 모든 이들에게 박수를 보내고 파이팅을 외칠 것이다.

비바람이 몰아치면 우산을 준비하면 된다. 비를 원망할 필요 없다. 아니 오히려 비를 즐겨야 한다. 지금 눈앞에 어둠이 짙다는 건 새벽이 가까웠다는 증거다. 사는 건 다 힘들다. 사업도 다들 힘들다. 그러나 칭얼거려서는 어른이 될 수 없다. 칭얼거려서는 앞으로 나갈 수 없다. 그냥 내 탓이라 생각하고 다음 스텝을 준비하면 된다. 굳이 열 걸음, 스무 걸음을 목표로 삼을 필요 없다. 힘들 때는 딱 한 걸음만 앞으로 나아가자는 마음이 중요하다. 평생 안 해본 책쓰기를 이제 마친다. 내 인생에 소중한 또 하나의 전진이다. 이 소중한 경험, 이 책 속에 담긴 나만의 깨달음과 지혜를 나누고 싶다. 배상민 교수처럼 나눔의 디자인, 나눔의 사업을 하고 싶다. 그게 다음 단계의 내 성장을 위한 목표다. 나는 혼자 잘 사는 세상을 원하지 않는다. 내가 기부를 생각하는 것도 같이 잘 살기 위함이다. 나는 잘사는 소수 10%를 위한 사람이 되고 싶지 않다. 하루 10달러가 최선인, 생존이 목표인 사람들에게 진짜 생활, 진짜 행복을 주고 싶다. 내가 그들보다 조금 더 가진 재능으로 그들의 일상에 기적 같은 변화를 만들어 주고 싶다. 그런 마음으로 이 책을 들고 세상 속으로 나간다. 부디 내가 다가가는 공간에 그런 행복이 꽃피우기를 빈다.

한남동 사무실에서 첫 책의 원고를 마무리하며

비키정

당신의 공간에도 봄은 온다

초판 1쇄 인쇄 2025년 5월 20일
초판 1쇄 발행 2025년 5월 25일

지은이 비키정
발행인 전익균

이사 정정오, 윤종옥, 김기충
기획 조양제
편집 김혜선, 전민서, 백서연
디자인 페이지제로
관리 이지현, 김영진
마케팅 (주)새빛컴즈
유통 새빛북스

펴낸곳 도서출판 새빛
전화 (02) 2203-1996, (031) 427-4399 **팩스** (050) 4328-4393
출판문의 및 원고투고 이메일 svcoms@naver.com
등록번호 제215-92-61832호 **등록일자** 2010. 7. 12

값 18,500원
ISBN 979-11-94885-04-7 03810